KB141598

다음 문장으로 넘어가고 싶습니다

다음 문장으로 넘어가고 싶습니다

초판 1쇄 발행 2019년 05월 15일

지은이	고영리
발행인	조상현
마케팅	조정빈
편집인	김유진
디자인	김희진

펴낸곳	더디
등록번호	제2018-000177호
주소	경기도 고양시 덕양구 큰골길 33-170
문의	02-712-7927
팩스	02-6974-1237
이메일	thedibooks@naver.com
홈페이지	www.thedifference.co.kr

ISBN	979-11-61251-96-7 03800

더디 | 더디퍼런스 | 마이북

다음 문장으로
넘어가고 싶습니다

문장을 살리는 10가지 방법

고영리 지음

더디

차례

다음 문장으로 넘어가기 위하여

글쓰기가 어렵다는 사람들에게 무엇이 가장 어렵냐고 물으면 거의 비슷한 대답이 나온다.

- ✔ 처음을 어떻게 시작해야 할지 모르겠다.
- ✔ 무슨 말을 써야 할지 모르겠다.
- ✔ 쓰다 보면 이상한 방향으로 간다.
- ✔ 끝을 못 내겠다.
- ✔ 쓰긴 쓰는데 읽어 보면 이상하다.

조금씩 다른 고충이 있긴 하지만 근원을 살펴보면 결국 두 가지로 정리된다. '어떻게 시작하는가'와 '무엇을 말하는가'이다.

글을 업으로 삼는 작가들도 하얀 화면에 첫 글자를 무엇

·으로 할까 결정하는 게 가장 힘들다. 그런데 일단 단어 하나, 그리고 그 단어와 연결된 문장만 하나 써도 그 뒤는 어떻게든 늘어난다. 어떨 때는 앞의 문장이 스스로 뒤의 문장을 끌고 가는 게 아닐까 하는 생각이 들 정도로 그 한 문장의 역할은 참으로 대단하다.

최근에는 문장보다 약어나 축어, 다양한 감정을 담은 이모티콘이 커뮤니케이션의 대부분을 담당하고 있다고는 하나, 그럼에도 불구하고 문장으로 완성되는 글은 사라지지 않는다. 오히려 짧고 명확한 문장으로 자신이 하고자 하는 말을 제대로 전달하는 능력이 필수인 세상이 되었다.

문장을 쓰는 것은 쉽지 않다. 아니, 좀 더 정확하게 말해서 '좋은' 문장을 쓰는 것은 쉽지 않은 정도가 아니라 대단히 어려운 일이다. 하지만 명확한 문장을 쓰는 것은 요령과 연습으로 어느 정도 가능하다. '글을 못 쓰는 사람'도 얼마든지 할 수 있다.

어차피 말이 먼저고 그다음이 글이다. 글은 말을 기록하기 위한, 그 말에 감정을 덧대기 위한, 그래서 누군가에게 전달하기 위해 만들어진 '수단'이다. 수단이란 연습하고 활용하는 만큼 능숙해진다. 어느 정도 타고난 사람도 있지만, 연습으로 불가능한 사람은 없다.

문장은 쓰는 만큼 실력이 늘어난다. 많이 읽고 쓰면 분명히 실력이 향상된다. 처음부터 긴 글을 쓰려고 할 필요는 없다. 최소한의 문장을 간결하게 쓰는 것이 중언부언 길게 늘여 쓰는 것보다 훨씬 어렵다. 수식어와 묘사로 된 화려한 문장은 초보도 쓸 수 있지만, 간결한 문장에 하나의 핵심을 집어넣는 것은 꾸준히 연습해야 가능하다. 분명한 건, 나아질 수 있고 잘할 수 있다는 점이다. 누구나. 이 책은 딱 그만큼의 '명확하고 간단한' 문장을 위한 '최소한'의 안내서이다.

01

긴밀성이란 무엇인가?

잘 말하고 잘 쓴다는 것

글 전에 말이 있었다. 말을 잘한다는 것은 무슨 뜻일까? 언변이 뛰어나다는 의미보다는 하고자 하는 말을 정확하게 전달하는 능력이 있다는 것에 가깝다. 말을 잘하는 사람들의 '말'을 주의 깊게 들어 보면, 몇 가지 공통점이 있다.

첫 번째, 흥미를 끌 수 있는 '한 문장'을 먼저 청자에게 던진다. 자신이 앞으로 할 말을 관심 있게 듣게끔, '왜?'라는 생각이 들게 만드는 것이다. '왜?'라는 것은 단순한 질문이 아니다. 그다음에 나올 말을 궁금하게 만들고, 이어질 말을 기다리게 만든다. 이 '왜?'라는 질문이 쉬지 않고 이어지게 만드는 것이 집중력을 가져온다.

두 번째, 간결하고 정확하게 말한다. 말을 잘하는 사람은 결코 말을 길게 늘이지 않는다. 그래서, 그러니까, 그렇지만, 그렇고 등의 접속사를 한정 없이 넣는 사람치고 말을 잘한다는 말을 듣는 사람은 거의 없다. 접속사란 앞의 말을 받아서 이어가거나 반론을 더하는 것인데, 제대로 마무리되지 않은 문장을 길게 늘여 봐야 듣는 사람은 지루하고 혼란에 빠질 수밖에 없다.

마지막으로 세 번째, 비유와 예시를 적절하게 들어 말한다. 말을 잘하는 사람의 말은 일단 재미있다. 재미있다는 것은 호응이 가능하다는 것이고, 호응이 가능하다는 것은 마음에 동(動)하는 점이 있다는 뜻이며, 이는 자연스레 나와의 접점을 찾게 만든다. 접점이 생긴다는 것은 관심을 가질 수 있는 빌미가 있다는 것이고, 일단 관심을 갖게 되면 들을 수밖에 없다.

'잘 말하기'의 이러한 특징은 글에도 적용된다. 흥미를 끌수 있는 한 문장을 쓸 수 있어야 하고, 간결하고 정확하게 쓸줄도 알아야 한다. 때에 따라서는 비유와 예시를 적절하게 들어 쓰는 것도 필요하다. 이처럼 말과 글은 크게 다르지 않다.

하지만 말을 잘하는 사람이 모두 글을 잘 쓰는 것은 아니다. 왜냐하면 말에는 발화자 앞에서 반응을 보여 주는 수신자가 있다. 혼자서 중얼거리는 말조차도 듣는 사람인 본인이 있지 않은가.

언어란 누군가의 반응이 오면 즉각적으로 순간 성장하는 특징이 있다. 어색하게 만나서 인사 정도 간신히 할 줄 알았던 사람과 두세 시간이 언제 갔는지 모르게 수다를 떨어 보았던 경험을 떠올려 보면 이해가 될 것이다.

하지만 글은 그 반응이 바로 오지 않는다. 그래서 첫 줄을 써 놓고 한숨을 오백오십만 번 쉬다가 지우는 일이 발생하는 것이다. 게다가 말은 어느 정도 부가적인 정보를 가지고 할 수 있다는 장점이 있는데, 글은 그렇지 않다. 여기서 부가적인 정보란 오감으로 얻을 수 있는 정보나 주위 환경을 뜻한다.

예를 들어 '나는 슬픔에 빠져 있다.'라는 첫 줄을 말로도 하고 글로도 써야 한다고 생각해 보자. 말로 할 때는 앞에 누가 있느냐에 따라 그 뒤에 해야 할 말이 줄줄 이어진다. 앞에 있는 사람이 친구라면 슬픔에 빠진 이유를 눈물 콧물 섞어가며 털어놓겠지만, 나보다 열여섯 살쯤 어린 사람 앞이라면 최대한 담담하게 털어놓을 것이다. 또 같은 이야기를 구십 세 노인 앞에서 할 때는 이야기의 구성과 발화 방법이 달라진다.

상대방이 내 눈물이나 고통으로 인해 일그러진 얼굴을 확인한다면, 일은 더 쉬워진다. 열 마디 말을 대신할 다른 정보가 주어지기 때문이다.

그런데 글은 그렇지 않다. 글을 다섯 살 꼬마 아이가 읽을지, 내 부모 형제가 읽을지, 친구가 읽을지, 원수가 읽을지 알 수 없다. 한 줄을 쓰고 다음 줄로 넘어가기 힘든 이유가 바로 여기에 있다. 물론 읽는 사람이 정해진 글도 있다. 연애편지, 업무에 관련된 보고서나 이메일 등이 그것이다. 헌데 이 역시도 단편적 사실을 제외한 감정이나 느낌을 표현할 때는 여전히 막막하다. 상대방의 반응을 당장 알 수 없기 때문에 소위 '어느 장단에 맞춰서 써야 할까?'라는 판단이 서지 않는다. 그렇다고 글을 읽을 사람을 앞에 앉혀 두고 반응을 봐 가며 쓸 수 있는 것도 아니니, 글을 위한 최소한의 조건은 충족시킬 수 있어야 '글'을 쓸 수 있다. 그렇다면 그 최소한의 조건은 무엇일까?

바로, 긴밀성이다.

긴밀성에 대하여

'긴밀하다'의 사전적 의미는 '서로의 관계가 매우 가까워 빈틈이 없다.'이다. 글에 있어서는 짜임새 있는 구성 혹은 빈틈없는 내용을 전개했을 때 긴밀성이 잘 살아 있다고 할 수 있다. 글에 있어 긴밀성이 중요한 이유는 바로 설득력 때문이다.

설득력은 글이 가지는 힘이기도 하면서, 글의 목적이기도 하다. 모든 글은 목적을 가지고 있다. 생각을 끄적거린 글에도 목적은 있다. 그 글에 숨어 있는 내 마음을 객관적으로 들여다보고자 하는 목적, 누군가가 읽고 알아차려 주기를 원하는 목적, 대놓고 보여 주고 싶은 목적 등 종류는 다르지만 목적이 없는 글은 없다. 짧은 글이나 긴 글 상관없이 모든 글에는 이렇듯 '목적'이 있다. 긴밀성이란 바로 이러한 목적을 드러내기 위한 가장 중요한 조건이다.

긴밀성은 연결성이자, 일관성이다. 이게 대체 무슨 말인지 전혀 이해할 수 없는 글을 읽어 본 적이 있을 것이다. 특히 번역투의 문장일 때 그렇다. 내용을 옮겼을 뿐 그 안에 내포된 의미까지 긴밀하게 연결되어 있지 않아서 이해하기 힘들다는 말이 정확할 것이다.

이런 글들은 대부분 한 문장 안에서도 주어와 술어가 어긋나 있다. 긴밀함이 없는 것이다. 한 문장 안에서도 그런데, 문장과 문장 사이는 오죽하겠는가. 분명 읽는 데 문제가 없고 단어 하나하나만 떼어 놓고 보면 이해가 되는데, 하나의 문장으로 읽었을 때 무슨 말인지 통 알 수가 없다.

그렇다면 긴밀성 있는 문장을 만들기 위해서는 어떤 요소가 필요할까?

긴밀성을 만드는 요소, 주제

가장 중요한 것은 주제이다. 주제가 없으면 글은커녕 단한 줄의 문장도 설득력을 갖기가 어렵다. 다음 두 글을 살펴보자.

1

이 학교에 입학한 여러분을 환영합니다. 여러분 모두는 부모님에게 소중한 보물입니다. 학교는 보물을 찾을 수 있는 공간이기도 합니다. 여러분의 미래라는 보물! 열심히 공부

해서 모두가 보물 찾기에 성공하기 바랍니다! 그러기 위해서는 쉬는 시간에도 공부하는 습관을 들여야 합니다. 습관은 들이기가 어렵지 한 번 들여놓으면 오랜 시간 여러분의 삶을 풍요롭게 할 것입니다. 세 살 버릇 여든까지 간다고 하지 않습니까? 여든이면 요즘에는 젊은 겁니다. 저를 보십시오. 앞으로 십오 년 뒤에 여든이 될 텐데, 아직 젊어 보이지요?

2

이 학교에 입학한 여러분을 환영합니다. 각자의 집에서 소중한 보물인 여러분을 학교에서 만날 수 있게 되어 정말 반갑습니다. 아직 제 가치를 전부 다 발견하지 못한 숨은 보물들인 여러분들이 학교 안에서 각자 반짝이는 미래를 설계할 수 있게 되길 바랍니다. 학교에서 좋은 공부 습관을 들이고 시간을 잘 운용하는 법을 익혀 여러분이 먼 미래, 여든 살이 될 때까지도 지니고 갈 수 있는 삶의 방식을 만드는 시간이 되었으면 좋겠습니다. 사실 저도 십오 년쯤 뒤면 여든이 되는데 제가 가지고 있는 습관은 대부분 여러분 나이 때, 젊었던 그 시절에 만들어진 것들입니다.

1번 글과 2번 글의 내용은 비슷하다. 쓴 어휘도 크게 다르지 않고, 문장의 길이나 전체적인 분량도 엇비슷하다. 그런데 읽었을 때 느낌은 전혀 다르다.

우선 1번 글은 말 그대로 의식의 흐름대로 쓴 글이다. 한

마디로 주제도 없고 그에 따른 긴밀성도 당연히 떨어진다. 반면 2번 글은 정확한 주제에 의해 꼬리 물기처럼 글이 잘 연결되어 있다. 1번 글에서 주제를 찾으라면 각자 자신의 관점에서 주제를 찾을 것이다. 하지만 2번 글은 비교적 주제가 정확하다. 학교에서 좋은 습관을 만들라는 것이 이 글의 핵심이다.

주제 얘기가 나온 김에 주제라는 것에 대해 한 번 짚고 넘어가 보자. 주제는 중요한 부분이기 때문에 뒤에서 따로 다루겠지만, 일단 여기에서는 긴밀성과 관계된 얘기부터 하려고 한다.

바로 앞에서 긴밀성에 있어 가장 중요한 것이 주제라고 했다. 그렇다면 '주제'란 무엇일까?

무엇이 주제어이고, 주제문인가?

대부분의 사람들이 '주제'를 안다고 생각하지만, 정확하게 정의를 내려 대답을 하지 못한다. 그나마 '핵심'이라고 말하는 사람은 그래도 글에 대해 고민을 해 본 사람이다. 핵심 역시 틀린 말은 아니다. 하지만 핵심보다 좀 더 중요하게 생각해야 할 것은 주제어와 주제문의 차이이다. 그리고 우리가 글에서 말하는 주제는 정확하게 말하면 '주제문'을 의미한다. 다음 그림을 한 번 보자.

이 그림을 보고 무엇이 생각나는지 묻는다면 대답은 아마 각양각색일 것이다. 누군가는 나무라고 대답할 것이고, 누군가는 열대 정글이라고 대답할지도 모른다. 누군가는 민화, 또 누군가는 정확하게 〈파초도〉라고 대답할 것이다.

주제어는 바로 이런 '각양각색의 대답'과도 같다. 만약 그림이 아니라 글이라면 그 글을 읽은 사람마다 각각 다른 주제어를 말한 것이 될 테고, 그렇다면 그 글은 목적하고자 하는 바를 달성하지 못한 것이다. 또한 긴밀성도 처음부터 가질 수 없게 된다.

반면 주제문은 어찌 들으면 촌스럽고 또 어찌 들으면 너무 적나할 정도로 간결하고 쉬운 한 줄의 문장이다. 주제어는 광범위하지만 주제문은 간결하다.

예를 들어 '청춘'이라는 단어는 주제어이고, '청춘은…이다.'가 주제문이다. 글을 쓰기 전 '주제어'가 아닌 '주제문'만 잡고 시작해도 긴밀성을 준비하기에 충분하다고 볼 수 있다. 긴밀성에 대한 이야기를 좀 더 하기 전에 또 다른 문장을 하나 더 살펴보자.

다음 두 글을 읽어 보자.

1

말이 없다. 이상하다. 아까도 그랬다. 왜 그러지. 궁금한데. 아 몰라. 삐졌나 보다. 그런가 보지 뭐. 아 되게 불편하네. 물어볼까 말까. 이러다 말겠지. 이러는 게 한두 번인가 뭐. 귀찮아. 나도 모르게 뭘 잘못했나 보지 뭐. 물어봐도 말 안하잖아.

2

아까부터 이상하게 그녀는 말이 없었다.
질문을 해도 시큰둥하게 답을 하고 몇 개의 질문은 그나

마도 답을 하지 않았다. 점점 마음이 불편해졌고 물어볼까 싶기도 했지만 곧 귀찮아졌다. <u>그녀가 이유 없이 말을 잃는 것은 한두 번 있는 일은 아니다. 내가 모르는 새에 그녀를 서운하게 했을지도 모르겠다. 그런데 나도 계속 반복되는 이런 상황에 좀 지쳤나보다. 그녀를 달래야 하는데</u> 귀찮다.

1번 글과 2번 글 모두, 여자가 토라져 있고 그 여자와 함께 있는 사람이 이를 보고 쓴 글이다. 두 글 모두 상황은 파악할 수 있지만, 긴밀성이 좀 더 느껴지는 쪽은 역시나 2번이다.

왜 그럴까? 먼저 2번 문장에 묘사가 좀 더 많거나 상황 설명이 좀 더 자세하게 쓰여 있어서라고 생각할 수도 있다. 만약 '2번이 좀 더 길게 설명했잖아.'라고 생각했다면, 2번 글에 있는 밑줄 친 부분을 주의해서 다시 읽어 보자. 밑줄 친 부분이 바로 긴밀성(연결)을 높여 주는 문장이기 때문이다.

긴밀성은 자세함이 아니다

긴밀성 있는 문장을 얘기할 때 자칫 헷갈릴 수 있는 것이 '자세한 설명'이다. 사람들에게 긴밀성 있는 문장을 쓰라고 하면, 꽤 많은 사람들이 같은 말을 반복하거나 길게 늘여 쓰고, 쓸데없는 설명을 늘어놓는 데 시간을 할애한다.

하지만 긴밀성은 상세함과는 다른 요소이다. 앞뒤의 연결고리, 그로 인해 만들어지는 타당성이 바로 긴밀성이다. 주제문 잡기가 긴밀성을 위한 기초공사라면, 타당성 만들기는 긴밀성을 위한 정교한 건축이다. 타당성은 우선 주제가 명확하고 이를 증명할 근거가 뒷받침되어야 만들어진다. 여기서 중요한 것은 '증명'이다.

증명은 납득의 요소이다. 때문에 근거 없는 우기기나 주장과는 다르다. 2번 글을 보면, 밑줄 친 부분은 앞의 글을 증명하기 위해, 또는 뒤의 상황을 납득시키도록 삽입되었다. 때문에 2번 글이 사용한 어휘나 문장과 비교했을 때 1번과 크게 다르지 않음에도 불구하고, 긴밀성을 갖추게 된 것이다.

정리하자면, 1번 글에서는 긴밀성의 가장 중요한 요소인 주제의 유무에 대해 말하고자 했다면, 2번 글에서는 긴밀성의 표현에 대해 설명했다. 다시 말해, 명료한 문장이란 '주제'가 정확한 '타당성' 있는 글이라야 한다.

연인들이 싸울 때 자주 나오는 말이 있다. "그게 핵심이 아니잖아!" 또는 "지금 그 말을 하는 게 아니잖아!"라는 말이다. 재미있는 것은 그 말을 들은 상대방이 한숨을 푹 내쉬고 "처음부터 잘 들어봐."라며 이야기를 다시 시작한다는 점이다. 마치 설명이 부족해서 상대가 이해하지 못했다고 인식하는 것이다.

하지만 중요한 것은 얼마나 자세하게 다시 설명하느냐가 아니라, 핵심을 얼마나 잘 파악하고 있는가이다. 즉, 상대가 미안하다는 얘기를 듣고 싶어 하는 것이 핵심이라면, 긴 설명 필요 없고 그냥 미안하다고 하면 된다. 왜 늦었는지에 문고 있는 것이라면 늦은 이유를 대답해 주면 될 일이다. 구구절절하게 요 며칠 너무 힘들었고, 그러다 보니 어제 저녁에 간만의 여유를 만끽했고, 어쩌다 보니 늦게 잠들어서 등등의 얘기는 상대가 듣고 싶은 '핵심'이 아니다.

글도 마찬가지이다. 구구절절 긴 글이 필요한 것이 아니고, 자세한 설명이 필요한 것도 아니다. 중요한 것은 '어떤 이야기'를 누구에게 '어떻게' 할 것인가이다.

핵심 있는 글, 주제가 명확한 첫 문장이 긴밀함을 만든다.

어떻게 하면 짧게 쓸 수 있을까?

주제가 명확하고 타당성을 갖춘 글을 어떻게 써야 할까?

첫 번째, 문장을 짧게 써야 한다. 가끔 "글을 쓰긴 쓰는데 쓰고 나면 이상해요."라고 말하는 사람이 있다. 그런 사람들에게 간단한 해결책으로 자신이 쓴 글을 소리 내어 읽어 보라고 하는데, 거의 대부분 얼굴이 벌겋게 달아올라 읽던 것을 멈춘다. 왜냐하면 숨을 쉴 수 없기 때문이다. 문장이 끝도 없이 길게 이어지기 때문이다. 다음 글을 한 번 살펴보자.

1

하늘은 파랗고 파란 하늘이 반사된 호수는 더 파랬는데 그 푸름보다 더 좋은 것은 그의 미소가 아닐까 하며 그에게 시선을 돌린 순간, 눈이 부셔서 아득해져 오는 느낌은 예전에 한 번도 느껴 보지 못한 것이었음을 깨닫고 정신이 혼미해졌으나 곧 부드럽게 내 이름을 부르며 손을 꼭 잡아 주는 그의 따스함에 슬쩍 비틀거렸던 다리를 가다듬고 그에게 기대었더니 세상을 다 가진 듯 크고 폭신한 행복감이 밀려와 나를 오롯이 감쌌고 나는 이 순간이 영원히 끝나지 않기만을 바라며 그를 꼭 안았다.

눈으로 빠르게 읽어도 잘못된 점을 발견할 수 있지만, 이 글은 소리 내어 읽어야 더 정확히 알 수 있다. 짐작컨대 4번째 줄의 '혼미해졌으나'에서는 실제로도 숨이 쉬어지지 않아 혼미한 느낌을 받기도 한다. 물론 묘사와 수식이 많아서 길어지는 문장도 있지만, 긴밀성을 갖추기 위해서는 일단 짧게 써야 한다.

그렇다면 위의 '한' 문장은 총 몇 개의 문장으로 나눌 수 있을까? 여러분 나름대로 나눠 본 뒤에, 다음 문장과 비교해 보는 것도 좋겠다.

2

하늘은 파랗다.

파란 하늘이 반사된 호수는 더 파랗다.

그 푸름보다 더 좋은 것은 그의 미소가 아닐까 했다.

그에게 시선을 돌렸다.

그 순간 눈이 부셨다.

아득해져 오는 느낌이었다.

예전에 한 번도 느껴 보지 못한 것이었다.

깨닫는 순간 정신이 혼미해졌다.

곧 부드럽게 내 이름을 불렀다.

그의 따스함에 슬쩍 비틀거렸던 다리를 가다듬었다.

그에게 기댔다.

세상을 다 가진 듯 크고 푹신한 행복감이 밀려 왔다.

나를 오롯이 감쌌다.

나는 이 순간이 영원히 끝나지 않기만을 바랐다.

그를 꼭 안았다.

2번 글을 보면 한 문장이 한 줄은커녕 반 줄도 되지 않는다. 수식어가 들어간 부분도 있지만, 대부분은 주어와 서술어로 이루어져 간결하다. 이렇게 문장을 짧게 쓰면, 그다음 문장은 연결에 포인트를 두면 되고, 이때 긴밀성도 잡힌다.

주제도 잘 잡고 하고자 하는 말도 명확한데 글이 안 써지는 사람은 대부분 쉬고 자를 곳을 찾지 못한 채 한없이 길어지는 문장을 쓰기 때문이다. 그렇다면 두 번째 방법은 무엇일까?

한 줄 쓰기

긴밀한 문장을 쓰기 위해 두 번째로 염두에 두어야 할 것은 바로 한 줄 쓰기이다. 짧게 쓰는 것과 한 줄로 쓰는 것은 좀 차이가 있다. 짧게 쓰는 것이 그저 문장의 길이라면, 한 줄 쓰기는 주어와 서술어로 이루어진 단문을 의미한다.

하고 싶은 말이 많은 사람은 선뜻 입을 열지 못한다. 어떤 말을 먼저 해야 할지 모르기 때문이다. 쓰고 싶은 게 많은 사람도 마찬가지로 시작을 잘 하지 못한다.

이럴 때는 그냥 무작정 한 문장을 먼저 써 보자. 종이에 손으로 직접 쓰면서 해 보는 것이 가장 좋다. 일단 종이를 크게 네 개로 나누고 각 면에 생각나는 문장을 하나씩 써 보자. 총 네 개의 문장을 쓴 뒤에는 그 네 개의 문장과 어우러지는 또 다른 문장을 옆에 쓰면서 정말로 내가 쓰고 싶은 문장을 찾아보는 것이다. 이렇게 몇 개의 문장을 쓰다 보면 그중 가장 마음이 가는 것, 즉 가장 쓰고 싶은 내용이 담겨 있는 문장을 찾을 수 있다. 바로 이 문장을 잡고 시작하면 된다.

때로는 선택한 문장이 '주제'를 담고 있지 않을 수도 있다. 그럴 경우, 대개 핵심으로 가지 못하고 그 주변만 맴돌게 된다. 핵심을 잡지 못했기 때문에 겉도는 이야기가 나올 수밖에 없다. 이럴 때는 잠시 쓰던 것을 멈추고, 자신이 하고 싶은 말을 늘어놓는 작업부터 다시 해 보는 것이 좋다. 여기서 말하는 '하고 싶은 말'은 본인조차도 알아차리기 어려울 정도로 깊이 숨어 있을 때가 있기 때문이다.

한 줄 문장을 쓸 때 주의할 점은 될 수 있는 대로 수식 없이 담백하게 써야 한다는 것이다. 보통 문장을 쓸 때 자신이 없으면 이런저런 수식어를 붙이게 된다. 간단하게 '밥을 먹었다.'라고 써도 될 것을 어떤 밥이었는데 그걸 어떻게 먹었고 그 맛이 어땠는지 구구절절 붙이면 오히려 '밥을 먹었다.'는 본 문장의 의미가 흐려진다. 오히려 첫 문장을 간결하고, 담백하게 쓴 뒤 다음 문장을 변주해 보는 것이 좋다. 이때는 먼저 서술어를 다양하게 변화시켜 보고, 꾸밈말을 넣어 풍성하게 만들어 보는 순으로 연습하는 것이 좋다.

다음 예시를 살펴보자.

본 문장: 그에게 화가 났다

서술어 변주 문장: 그에게 화가 난 것 같다. / 그에게 화가 났을 수도 있다. / 그에게 화가 난 건가. / 그에게 화가 났을 리가. / 그에게 화가 났지. / 그에게 화가 났었다. / 그에게 화가 난 적이 있다. / 그에게 화가 날 것 같다. (이외에도 다양하게 변주할 수 있다.)

꾸밈말을 넣은 문장: (무심한) 그에게 화가 (몹시) 난 것 같다. / (뻔뻔한) 그에게 화가 (정말로) 난 것 같다. / (개념 없는) 그에게 화가 (진심으로) 난 것 같다. (이외에도 다양한 꾸밈말로 다른 문장을 만들 수 있다.)

이처럼 본 문장 하나만으로도 다양한 문장을 만들 수 있고, 그중에서 첫 문장을 어떤 것으로 할지 내가 쓰고자 하는 글의 성격에 맞게 고르면 된다. 중요한 것은 장식적인 말을 모두 걸어 낸 단순한 한 문장이다. 모든 문장은 단순한 문장에서 시작하기 때문이다.

메모지 활용해서 문장 우선순위 잡기

문장을 짧게 쓰는 것은 아마 쉽게 시작할 수 있을 것이다. 말 그대로 짧게 쓰면 되기 때문이다. 문제는 이 짧은 문장을 어떻게 사용해야 하는지 모른다는 점이다.

'생각이 가는 대로' 먼저 쓰고 싶은 것을 쓴 뒤 툭툭 던져보는 것이다. 이것은 무척 중요한데, 이를 좀 더 쉽게 할 수 있는 방법이 있다. 바로 메모지를 활용하는 것이다. 붙였다 떼었다 할 수 있는 메모지라면 더 좋지만, 그렇지 않아도 상관은 없다.

방법은 간단하다. 문장들을 끼리끼리 모아 주고 그 안에서 대장을 뽑는다고 생각하면 된다. 만약, 당신이 전혀 알지 못하는 '영양제'에 대해 A4 1장 정도로 써야 하는 상황이라고 가정해 보자.

일단 영양제에 대해 아는 것이 없고, 첫 문장을 어떻게 시작해야 할지 막막한 상황이다. 그나마 인터넷 검색창에서 자료를 찾는 것이 익숙하니, 곧장 영양제의 수많은 정보를 찾아 놨을지도 모른다. 하지만 인터넷을 통해 찾은 다양한 정보들은 현재로서는 무용지물일 수밖에 없다. 왜냐하면 첫 문장이 정해지지 않았기 때문이다. 첫 문장이 정해지면 그 문장을 이어나갈 수 있게끔 자료를 찾으면 되는데, 일단 그 시작 지점이 정해져 있지 않기 때문에 한숨만 쉬고 있을 것이다.

이럴 때는 먼저 메모지를 꺼내서 '영양제'라고 써 본다. '영양제'라고 쓰고 나니, 어쩐지 뒤가 허전하지 않은가? 영양제 뒤에 붙을 수 있는 말을 떠오르는 대로 써서 펼쳐 놓자. 일단 다음과 같이 '아주 일차적인' 문장이 나올 수 있다.

영양제 필요하다.

영양제 필요 없다.

영양제 과도하다.

영양제 맛있다.

영양제 맛없다.

영양제 비싸다.

영양제 다양하다.

이외에도 많이 있겠지만, 일단 일곱 장의 메모지가 만들어졌다. 그다음에는 '필요하다'라는 서술어에 적절한 문장을 메모지에 써서 그 옆에 모아 놓자. 개인차가 있겠지만, 아마 다음과 같은 문장이 '영양제 필요하다'라는 문장과 연관성을 가질 수 있다.

건강 예방을 위해 필요하다.

보조 식품 개념으로 필요하다.

모두에게 필요하다.

회사원에게 필요하다.

수험생에게 필요하다.

나한테 필요하다.

부모님께 필요하다.

이외에도 더 많은 문장이 '영양제가 필요하다.'라는 문장과 연관성을 가질 수 있다. 이렇게 다른 범위의 영양제 관련 문장에도 연관 문장을 붙여 보면 꽤 많은 문장이 만들어진다.

그다음은 그중에서 가장 하고 싶은 말을 고른다. 그 말과 연관성을 가질 법한 문장들을 뽑아 기차의 칸을 잇듯 차례로 나열해 보는 것이다. 물론 이 단계가 완성은 아니지만, 적어도 순서 없이 길게 주절거리는 문장이 아닌 좀 더 명료하게 끌고 갈 힘이 있는 문장을 만드는 기초는 될 수 있다.

변형해서 쓰기

세 번째, 명료한 문장을 쓰기 위해서는 한 문장을 다양하게 변주해 보아야 한다. 위에서 예로 들었던 문장을 다시 한번 살펴보자.

그 푸름보다 더 좋은 것은 그의 미소가 아닐까 했다.

이 문장을 다양하게 변주해서 고쳐 보면 어떤 문장들이 나올까? 생각나는 대로 적어 보자. 다음 예시와 달라도 된다. 많든 적든 자유롭게 써 보자.

-그의 미소는 푸름보다 더 좋았다.

-푸름보다 그의 미소가 더 좋다고 생각했다.

-그의 미소와 푸름 중에 뭐가 더 좋을까 잠시 고민했다.

-그의 미소가 푸름보다 더 좋지 않을까 생각했다.

-그는 푸름을 이기는 미소를 가지고 있다.

-푸름보다 그의 미소가 더 좋았다.

-푸름이 좋긴 했지만 그의 미소보다는 아니었다.

-그의 미소를 향한 마음이 푸름에 대한 마음을 이기고 말았다.

-푸름보다 그의 미소가 좋다.

일단 변주할 수 있는 대로 문장을 다 써 보고, 그중에서 의미를 잘 전달할 수 있는 것을 골라 보는 것이다. 처음에 썼던 문장이 가장 좋을 수도 있고, 나중에 쓴 문장이 더 좋은 경우도 있다. 중요한 것은 한 문장을 여러 방향으로 변주해 보는 것이다. 이렇게 변형해서 써 보면 글을 다 쓰고 퇴고를 하듯 한 문장, 한 문장을 짚고 넘어갈 수 있기 때문에 최소 문장을 만드는 데 유용하게 활용할 수 있다.

이는 앞에서 연습했던 방식이다. 단순한 문장을 쓰고 그 문장의 서술어를 변주해 보거나, 꾸밈말을 넣어 풍성하게 만드는 것이다. 앞에서 해 본 방식이 기본 문장을 변형해 보는 것이었다면, 지금은 좀 더 다양한 변주가 요구된다. 의미가 비슷한 단어를 대체하기도 하고, 전체적으로 뜻을 파악한 뒤 비슷한 단어와 문장을 쓰기도 하기 때문이다.

위의 예시 문장을 보면 '미소가 푸름보다 좋다.'가 핵심이기 때문에 '좋다', '싫다' 외에도 '마음을 이기다.', '미소를 가지고 있다.', '뭐가 더 좋을지 고민했다.' 등의 다양한 유사 의미를 활용해서 문장을 구성하고 있다.

즉, 하나의 문장을 단순히 서술어를 교체해 변주하는 것이 아니라, 의미상 대체될 수 있는 또 다른 문장으로 교체가 가능하다. 이를 보다 원활하게 구사하기 위해서는 어휘력이 필요하다. 다양한 단어나 대체 가능한 단어를 많이 알수록 문장 구성이 좀 더 수월하기 때문이다.

변형을 위한 어휘력 공부

사실, 어휘력은 하루아침에 늘지 않는다. 기존에 있는 단어는 물론이고 하루가 다르게 생겨나는 신조어를 따라가는 것도 쉬운 일이 아니다. 만약 여러분이 정해진 문장 패턴에서 크게 벗어나지 않는 보도 자료나 보고서만 쓴다면 굳이 다양한 어휘를 습득하기 위해 애쓰지 않아도 된다. 하지만 보다 다양한 문장을 구사하고 싶다면 그에 맞게 어휘를 늘리는 것도 신경 써야 한다.

가장 기본적으로는 책을 많이 읽으면 어휘력이 늘어난다고 한다. 하지만 독서가 취미가 아닌 이상 어휘력을 늘리기 위한 방편으로 책을 읽기란 쉬운 일이 아니다. 게다가 지금은 책에서 정보를 얻는 시대가 아니다. 오히려 인터넷에서 정보를 얻고 소통하는 것이 수월하기에 용어 자체도 웹, 앱 매체에서 습득하는 비중이 크다. 그러다 보니 말이 아닌 글로 쓸 때 자제해야 하는 단어들이 무심코 튀어나오는 경우가 정말 많다.

예를 들어, 자기 소개서에 '갑자기 수상을 하게 되어 캐 당황했지만 그동안 노력한 것에 대한 성과라는 생각에….'처럼 인터넷 상에서 쓰는 단어를 쓴다거나, 공적인 서류에도 아무렇지도 않게 ㅋㅋㅋㅋ, ^^ , ㅠㅠ 등의 이모티콘이나 채팅 용어를 쓰기도 한다. 최근에는 이메일에도 웃음이나 눈물 등의 이모티콘이나 채팅 용어를 자연스레 쓰는데, 원칙적으로는 이런 아이콘으로 문장을 대신하는 것이 적절한 방법은 아니다. 특히 공적이거나 비즈니스를 목적으로 글을 쓸 때는 더욱 그렇다.

물론 때에 따라서는 이런 아이콘들이 문장의 역할을 충분히 대신 해 주는 경우도 있고, 이 역시도 언어의 한 종류로 받아들여야 할지도 모른다. 하지만 글을 쓰고자 한다면 아이콘 대신 간결하고 단정한 문장을 쓰는 연습을 평소에 꾸준히 해야 한다. 달리 방법이 없다.

문장을 많이 써 볼수록 다양하게 구사할 수 있다는 건 변함없는 사실이다. 한 걸음 더 나아가서 매번 똑같은 문장을 쓸 것이 아니라, 똑같은 의미의 문장을 다양하게 변주해서 써 보는 것도 권장할 방법이다. 그때그때 비슷한 의미의 단어를 찾아서 대체해 보거나, 동의어를 찾아서 적용해 본다면 굳이 따로 시간을 내서 어휘 공부를 하지 않아도 자연스레 구사할 수 있는 어휘가 늘어나게 된다.

02

앞 문장과 뒤 문장 연결하기

연결이 필요한 이유

대화를 해 보면 생각나는 대로 이 말 저 말을 하는 사람들이 있다. 분명 내용도 있고 하고자 하는 핵심도 있는 것 같은데, 연결이 되지 않아서 듣는 이에게 혼란을 느끼도록 한다.

글도 마찬가지이다. 연결성이 없는 문장으로 이뤄진 글은 힘을 갖기가 어렵다. 문장이 다른 문장을 만나 의미를 만들고 힘을 가지려면 연결성이 있어야 한다.

이때 어려운 점은 짧은 문장, 즉 최소의 문장을 계속 연결하는 것이다. 연결성 있는 문장을 쓰라고 하면, 문장을 끝내지 않고 계속 이어가는 사람들이 있다. 여기서 말하는 연결성은 길이의 문제가 아니라, 내용의 문제이다. 연결을 하라고 해서 무작정 길이만 늘리는 것은 오히려 글이 표현하고자 하는 주제를 해치게 된다.

다음 글을 읽어 보자.

> 울고 있는 여자가 있는 것을 보아서 달래려고 갔는데 여자
> 가 벌떡 일어나 나가 버리는 바람에 멋쩍게 다시 자리로 돌
> 아와 앉았고 그 순간 이상한 느낌이 들어 뒤를 돌아보니 그
> 여자가 무서운 얼굴로 나를 밖에서 쳐다보고 있었으며 그
> 눈빛이 너무 싸늘해 나도 모르게 소리를 지르니까 모든 사
> 람이 나를 바라보았다.

윗글에서 글쓴이는 나름 시간 순서대로 차례차례 일어난
일을 기술하고 있다. 언뜻 보아서는 연결에 성공한 것처럼
보인다. 앞 문장과 뒤 문장 사이에 비는 내용도 없고, 이상한
내용이 끼어들지도 않았기 때문이다. 글을 다 읽고 글쓴이
가 무슨 말을 하고 싶은지도 알겠다. 그리고 의외로 이렇게
문장을 쓰는 사람이 정말 많다.

그렇다면 이 문장의 문제점은 무엇일까? 이런 문장은 우
선 쓰거나 읽을 때 큰 고민이 없다. 술술 쓰게 되고, 술술 읽
힌다. 특히 글을 쓴 본인은 다시 읽어 보았을 때 내용 파악이
쉬워 문제점을 잘 인식하지 못한다. 글을 쓸 때도 큰 고민 없
이 글을 전개했을 것이다. 그래서 무엇이 문제인지 정확하
게 알지 못한다.

하지만 분명한 것은 이렇게 쓴 글은 매력적이지 않다. 그
렇다면 윗글을 한 번 고쳐 보자. 다음 글은 예시일 뿐 참고만

하기 바란다. 다시 한 번 말하지만, 좀 더 읽기 쉽고 알기 쉬운 문장이 있을 뿐, 정답은 없다.

> 울고 있는 여자를 보았다. 달래려고 다가갔는데 여자가 벌떡 일어나서 나가 버렸다. 멋쩍어서 다시 내 자리로 돌아와 앉았는데 어쩐지 느낌이 이상했다. 뒤를 돌아보았더니 밖에서 그 여자가 싸늘한 눈빛으로 나를 쳐다보고 있었다. 나도 모르게 안에 있는 사람이 다 돌아볼 정도로 소리를 지르고 말았다.

최대한 글의 순서와 단어를 바꾸지 않고 연결만 조정해서 고친 글이다. 원래 글과 비교를 해 보자. 여러분이 고친 글과도 비교해 보자. 달라진 점을 찾았다면 '울고 있는 여자를 보았다.'를 첫 문장으로 하여 네 줄짜리 문장으로 새로 써 보자. 내용이 달라지면 문장이 길어질 수 있으니, 연결되는 부분에 주의해서 새로 문장을 만들어 보는 것이다.

이렇게 문장을 연결할 때 가장 주의해야 할 점은 적절한 접속사를 써야 한다는 것이다. 접속사가 숨어 있거나 드러나 있거나 상관없이 너무 자주 사용되면, '접속사'를 썼는데도 자연스레 연결되었다는 느낌을 주지 않는다.

위에서 예시로 들었던 첫 번째 문장을 다시 한 번 보고 접속 부위에 표시를 한 번 해 보자.

> 울고 있는 여자가 있는 것을 보아서 달래려고 갔는데 여자

가 벌떡 일어나 나가 버리는 바람에 멋쩍게 다시 자리로 돌아와 앉았고 그 순간 이상한 느낌이 들어 뒤를 돌아보니 그 여자가 무서운 얼굴로 나를 밖에서 쳐다보고 있었으며 그 눈빛이 너무 싸늘해 나도 모르게 소리를 지르니까 모든 사람이 나를 바라보았다.

그렇다면 이번에는 접속 부위를 모두 자른 뒤, 개별 문장을 만들고 그 사이에 접속사를 넣어 보자.

울고 있는 여자가 있는 것을 보았다. 그래서 달래려고 갔다. 그런데 여자가 벌떡 일어나 나가 버리는 바람에 멋쩍게 다시 자리로 돌아와 앉았다. 그리고 그 순간 이상한 느낌이 들어 뒤를 돌아보았다. 그러자 그 여자가 무서운 얼굴로 나를 밖에서 쳐다보고 있었다. 그런데 그 눈빛이 너무 싸늘해 나도 모르게 소리를 질렀다. 그러니까 모든 사람이 나를 바라보았다.

위 문장을 소리 내어 읽어 보자. 느낌이 어떤가? 다양한 접속사가 문장마다 들어갔음에도 불구하고 연결되는 느낌보다는 문장을 가지고 밀고 당기며 약 올리는 느낌이 더 강하게 든다. 즉, 문장의 연결이란 다양한 접속사를 쓴다고 되는 것이 아니다. 문장의 의미가 서로 연관된 것을 하나로 묶어 주고, 이 연결된 문장이 다음 문장에 대한 궁금증을 불러일으켜야 한다. 그로 인해 다음 문장을 읽게끔 하거나, 결론을 말하거나, 설명을 더해 주는 인과관계를 지녀야 한다.

즉, 앞의 문장이 뒤의 문장을 끌어 주는 역할을 해야지, 단순히 손에 손을 잡는 식으로 죽 연결만 해서는 안 된다.

그렇다면 위 예시 문장이 어떻게 '연관성'을 가지고 있는지 한 번 더 살펴보자.

울고 있는 여자를 보았다.

→ 본 후에 어떻게 했는가?

달래 주려고 다가갔는데 여자가 벌떡 일어나서 나가 버렸다.

→ 달래려고 갔지만 다른 상황이 벌어짐.

멋쩍어서 다시 내 자리로 돌아와 앉았는데 어쩐지 느낌이 이상했다.

→ 벌어진 상황에 순응했는데 반전이 암시됨.

뒤를 돌아보았더니 밖에서 그 여자가 싸늘한 눈빛으로 나를 쳐다보고 있었다.

→ 암시된 반전에 대한 설명.

나도 모르게 안에 있는 사람이 다 돌아볼 정도로 소리를 지르고 말았다.

→ 설명에 대한 결과.

연결된 문장은 서로 다른 문장이지만, 하나의 의미를 증명하는 문장으로 묶일 수 있다. 이처럼 연관성 있는 문장을 만든다는 것은 접속사의 연결이 아닌 의미의 뭉침으로 판단하고 묶어야 한다. 그래야 문장의 통일성을 꾀할 수 있고 타당성을 획득할 수 있다.

　이 부분은 나중에 다룰 '접속사로 이어가기'에서 좀 더 연습해 보자.

글이 갖춰야 할 타당성

　어떤 사람이 어떤 문장을 읽었다고 해 보자. 이 문장을 읽는 사람이 받아야 하는 가장 큰 감정은 '동의'이다. 글쓴이가 불편함을 의도했다면 독자는 불편함을, 재미를 의도했다면 재미를 느껴야 한다. 또 슬픔을 의도한 문장에서는 슬픔을, 기쁨을 의도한 문장에서는 기쁨을 느껴야 그 문장의 의미가 살아난다.

　반어법을 활용하거나 문장을 살짝 꼬아서 상반된 느낌을 주는 방법도 있지만, 대부분의 평범한 문장에서는 '동의'의 감정을 이끌어내야 성공할 수 있다. 이 '동의'는 문장의 타당성과도 맞물린다. 문장과 문장 사이에서 타당성도 있어야 하지만, 한 문장에서 지니고 가야 할 타당성도 있다. 다시 말하면 '무엇을' '얼마나' 꾸준히 말하고 있는가와 관련이 있다.

　다음 예시를 살펴보자.

　　달빛이 하얗게 흩어져 내린 바닷가였다. 배가 고팠다. 보고
　　싶은 마음이 너무 휑하게 뚫려 배도 고픈 것 같았다. 하얀
　　달빛이 수면에 반사되어 반짝이는 것들이 모두 생선 비늘

처럼 보였다. 진짜 물고기들이었다.

윗글을 읽고 아무렇지 않았다면, 당신은 앞으로 문장을 쓰는 데 있어 많은 노력을 기울여야 하는 사람이다. 다시 한 번 소리 내서 읽어 보고, 눈에 띄게 이상한 부분이나 영 어울리지 않는 부분을 찾아보자.

위에 제시된 글의 내용을 요약해 보면, 보고 싶은 마음이 너무 커서 몸도 마음도 허한 상태의 사람이 달빛 가득한 바닷가에 갔는데, 물결의 반짝임이 물고기 떼라는 것을 알게 된 것이다. 이야기의 흐름 자체는 있을 법한 일이지만, 위의 글은 왠지 어색하다. 왜 그럴까?

중간중간 타당성을 주어 입증해야 하는 문장을 빼 놓고 의식의 흐름대로 문장을 던지 듯이 썼기 때문이다. 문장들 사이사이에 어떤 문장을 넣어야 타당성이 생길 수 있을까? 아니, 타당성을 더해야 하는 위치는 어디일까?

> 달빛이 하얗게 흩어져 내린 바닷가였다. _____ 배가 고팠다. _____ 보고 싶은 마음이 너무 휑하게 뚫려 배도 고픈 것 같았다. 하얀 달빛이 수면에 반사되어 반짝이는 것들이 모두 생선 비늘처럼 보였다. _____ 진짜 물고기들이었다.

물론 좀 더 타당한 문장을 만들기 위해서는 앞뒤 순서를 좀 더 바꾸고 문장도 수정해야 한다. 하지만 지금은 최소 문장으로 '타당성'을 부여하는 것에 집중해야 하므로 일단 그 부분에만 밑줄을 넣었다.

위 문장에서 보면, 바닷가 이야기를 하다 말고 뜬금없이 배가 고프다는 문장이 나온다. 타당성을 위해서는 '바닷가'와 '배가 고프다'는 문장 사이의 간극을 덜어 줄 다른 문장이 들어가야 한다. 예를 들어, '바닷가 근처에 있는 음식점에서 나는 냄새에 배가 고팠다.', '짠 냄새를 맡으니 배가 고팠다.', '언젠가 이 바닷가에서 뭔가 먹은 기억이 나서 배가 고팠다.' 등의 연계할 만한 문장이 필요하다.

그리고 배가 고픈 것과 보고 싶은 마음 사이에도 간극을 줄여 주는 문장이 들어가는 것이 좋다. 윗글을 쓴 사람의 의도는 아마도 '배가 고픈 것'과 '마음이 허한 것'의 공통점이 공허함이기 때문에 나란히 놓은 것일 테지만, 이는 어디까지나 글쓴이의 생각이라 독자에게는 전달이 되지 않을 수 있다. 이 역시도 타당성을 위해서 뭔가 가교가 될 만한 문장이 들어가는 것이 좋다. 예를 들어, '언젠가 배가 고픈 것은 곧 마음이 허한 것이라는 말을 들은 적이 있다.', '실연의 아픔으로 며칠 동안 아무것도 먹지 못한 끝이라 배고픔이 더 강하게 느껴졌다.' 등의 문장을 써야 한다.

특히 글을 수정하지 않고 쓰거나, 체계 없이 아무렇게나 썼을 때 빈번하게 발생하는 문제이다. 때문에 문장을 쓴 뒤, 앞뒤 문장을 나란히 살펴보며 문장 사이에 타당성이 있는지 없는지 철저하게 검토해야 한다.

타당성을 검토하고 앞 문장과 뒤 문장을 연결하는 데는

몇 가지 방법이 있다. 첫 번째로 '내용 이어가기'이다.

내용으로 이어가기

내용으로 잇는 방법은 간단하다. 위에 예시로 든 글에서처럼 사이사이에 빈 곳을 메꿔 주는 문장을 쓰거나, 불필요한 문장을 빼면 된다. 이때 빼는 문장에 따라 글의 분위기나 내용이 완전히 달라지니 주의가 필요하다. 때문에 자신이 처음에 쓰고자 했던 핵심을 잃지 않고 문장을 써 나가는 것이 중요하다.

위에서 예시로 들었던 문장을 다시 살펴보자.

1

달빛이 하얗게 흩어져 내린 바닷가였다. 배가 고팠다. 보고 싶은 마음이 너무 휑하게 뚫려 배도 고픈 것 같았다. 하얀 달빛이 수면에 반사되어 반짝이는 것들이 모두 생선 비늘처럼 보였다. 진짜 물고기들이었다.

다음 문장을 차례대로 읽어 보자.

2

달빛이 하얗게 흩어져 내린 바닷가였다. 아까 먹은 하얀 설탕 뿌려진 도넛이 생각나면서 배가 고팠다. 아아, 내가 너무

나 사랑하는 도넛. 그 도넛이 보고 싶은 마음이 너무 휑하게
뚫려 배도 고픈 것 같았다. 하얀 달빛이 수면에 반사되어 반
짝이는 것들이 모두 생선 비늘처럼 보였다. 도넛 대신 생선
이라도 먹었으면 좋겠다는 생각과 함께 물 위를 응시했는
데 이런, 진짜 물고기들이었다.

3

달빛이 하얗게 흩어져 내린 바닷가였다. 며칠째 제대로 먹
지 못해서였는지 배가 고팠다. 늘 나와 함께 밥을 먹어 주던
그녀가 떠나고, 홀로 남은 시간 내내 그리움으로 대신 배를
채웠다. 보고 싶은 마음이 너무 휑하게 뚫려 배도 고픈 것
같았다. 하얀 달빛이 수면에 반사되어 반짝이는 것들이 모
두 생선 비늘처럼 보였다. 이제, 헛것까지 보이나 싶어 헛웃
음과 함께 바다 쪽으로 좀 더 다가갔다. 그런데 헛것이 아닌
진짜 물고기들이었다.

4

달빛이 하얗게 흩어져 내린 바닷가였다. 갑자기 배가 고팠
다. 몸이 허하면 마음도 허하고, 마음이 메마르면 몸도 축
난다더니 보고 싶은 마음이 너무 휑하게 뚫려 배도 고픈 것
같았다. 하얀 달빛이 수면에 반사되어 반짝이는 것들이 모
두 생선 비늘처럼 보였다. 얼마나 배가 고프면 물결이 물고
기로 보이나 싶어 스스로를 한심해하며 다가갔는데, 깜짝
놀라고 말았다. 물결이 아닌 진짜 물고기들이었다.

같은 문장으로 시작했지만 타당성을 위해 사이사이에 넣은 내용에 따라 이 문장을 쓴 화자의 캐릭터가 모두 달라졌다. 이처럼 문장과 문장을 연결하는 방법 중, 내용으로 이어가는 방법은 문장을 좀 더 풍부하게 만들기도 하고 문장의 느낌을 다르게 하기도 한다. 때문에 본인이 처음부터 쓰려고 했던 의도를 잘 살릴 수 있는 방향으로 끌고 가는 것이 가장 중요하다.

접속사로 이어가기

내용으로 이어가기보다 좀 더 쉬운 방법이 접속사를 사용하는 것이다. 접속사로 이어가는 방법은 짧은 문장 사이에 연관성을 만들어 주기에 용이한 대신, 문장이 매끄럽거나 세련되게 연결되지 않는 단점이 있다. 접속사를 많이 쓴다고 해서 문장이 통일성을 가지는 것은 아니기 때문이다. 게다가 적절한 접속사를 찾아서 쓰는 것도 쉬운 일은 아니다. 최소한의 접속사를 쓰고, 내용으로 연결되는 문장을 쓰는 것이 좋기는 하지만, 이 역시도 정답은 없다. 글의 분야나 내용에 따라서 충분히 달라지기 때문이다.

접속사는 앞에 오는 단어나 문장을 받아서 뒤에 오는 단어, 문장에 연결해 주는 단어이다. 우리나라 말로는 이음씨라고도 한다. 크게 나열, 순접(고스란히 이어가는 것), 역접(반대 의미로 이어가는 것) 접속사로 나뉜다.

나열 접속사는 '또는, 또, 혹은, 및, 더구나, 하물며, 그리고' 등이고, 순접 접속사는 '그래서, 그러면, 그러니, 따라서, 다만' 등이다. 역접 접속사에는 '하지만, 그러나, 그런데' 등이 있다. '이처럼, 뿐 아니라, 이같이, 이를테면' 등의 단어도 접속사에 포함하기도 한다.

접속사로 문장을 이을 때 유의할 점은 너무 자주 남발하지 말라는 것이다. 다음 문장을 살펴보자.

아버지는 구두를 만드셨다. 그리고 가방도 만드셨다. 그래서 사람들은 아버지를 장인이라고 불렀다. 또는 구두쟁이 혹은 가방쟁이라고도 불렀다. 하물며 그냥 손재주 좋은 양반이라고 부르는 사람도 있었다. 그런데 일정하게 나가는 곳 없이 떠돌아다니며 그런 것들을 만드는 아버지가 존경을 받는 것은 어려운 일이었다. 그래서 내게 아버지는 그저 자기가 하고 싶은 것을 그때그때 하는 남자. 그 이상도 그 이하도 아니었다. 하물며 스물여섯 이후로는 만난 적도 없다.

위의 문장에는 총 8개의 접속사가 들어 있다. 짧은 문장을 연결하고 있는 이들 접속사를 모두 지운다면 문장은 어떻게 달라질까? 다음 문장을 읽어 보자.

아버지는 구두를 만드셨다. 가방도 만드셨다. 사람들은 아버지를 장인이라고 불렀다. 구두쟁이, 가방쟁이라고도 불렀다. 그냥 손재주 좋은 양반이라고 부르는 사람도 있었다. 일정하게 나가는 곳 없이 떠돌아다니며 그런 것들을 만드는 아버지가 존경을 받는 것은 어려운 일이었다. 내게 아버지는 그저 자기가 하고 싶은 것을 그때그때 하는 남자. 그 이상도 그 이하도 아니었다. 스물여섯 이후로는 만난 적도 없다.

접속사를 모두 지운 문장은 똑똑 끊어지는 느낌을 준다. 아주 냉정하고 차가운 느낌이고, 군더더기는 없어 보이지만 글의 맛은 별로 없다. 그렇다고 해서 접속사로 이은 문장이 맛깔나다는 말은 아니다. 접속사로 이은 문장은 엿가락처럼 늘어지는 느낌을 주기 때문에, 적게 쓰는 것이 좋다고 하는 의견도 꽤 많다.

우선 접속사가 많은 문장은 구구절절한 느낌을 준다. 그리고 문장에서 피로감이 느껴진다. 마침표를 찍고 문장을 끝냈음에도 불구하고, 결국은 계속 이어서 읽어야 하는 문장들이기 때문이다. 가장 좋은 것은 문장을 합치고 의미를 중첩시킨 뒤, 접속사를 최대한 적게 써서 문장을 정리해 보는 것이다. 참고 삼아 다음 문장을 살펴보자.

아버지는 구두와 가방을 만드셨다. 사람들은 아버지를 장인, 혹은 구두쟁이나 가방쟁이라고 부르거나 손재주 좋은 양반이라고 했다. 일정하게 나가는 곳 없이 떠돌아다니는 아버지가 존경을 받는 것은 어려운 일이었다. 그래서일까.

내게 아버지는 그저 자기가 하고 싶은 것을 그때그때 하는 남자, 그 이상도 그 이하도 아니었던 데다가 스물여섯 이후로는 만난 적도 없다.

우선 의미가 겹치는 문장들은 한 문장으로 합쳤다. 구두를 만드는 사람과 가방을 만드는 사람이 같기 때문에 '구두와 가방을 만드는 사람'으로 정리하고, 장인으로 불리거나 구두쟁이, 가방쟁이, 손재주 좋은 양반으로 불리는 사람도 한 사람이므로 한 문장으로 정리했다.

이렇게 앞뒤 문장을 정리하고 접속사를 최소로 활용해서 문장을 연결하면 한결 자연스러운 문장이 된다. 여기에 각 접속사의 의미를 정확하게 알고 순접, 역접, 나열을 적절하게 활용하는 것이 핵심이다.

이쯤에서 앞에서 다뤘던 문장을 다시 한 번 가져와 연습해 보자. 다음 문장을 보다 낫게 고치려면 접속사도 필요하고 의미가 상통하는 문장끼리 자연스레 연결도 해야 한다. 이미 자연스러운 문장의 예시가 앞에 나와 있기는 하지만, 여기서 다시 한 번 고쳐 보자. 자연스러운 문장을 만들기 위해서는 다른 사람의 문장을 고쳐 보는 것도 도움이 된다.

울고 있는 여자가 있는 것을 보아서 달래려고 갔는데 여자가 벌떡 일어나 나가 버리는 바람에 멋쩍게 다시 자리로 돌아와 앉았고 그 순간 이상한 느낌이 들어 뒤를 돌아보니 그 여자가 무서운 얼굴로 나를 밖에서 쳐다보고 있었으며 그 눈빛이 너무 싸늘해 나도 모르게 소리를 지르니까 모든 사람이 나를 바라보았다.

플롯에 대하여

'다음 문장으로 넘어가는 방법'에 대해 설명하면서 '플롯'까지 얘기하는 것은 무리일 수도 있다. 하지만 문장을 쓴다는 것은 제대로 된 글을 쓰는 시작이므로, '플롯'에 대해 빼놓고 갈 수는 없다.

플롯은 쉽게 말해서 글의 구조이다. 문장과 문장이 어우러진 긴 글에서는 문장의 순서를 바꾸는 것으로 글의 느낌을 완전히 다르게 할 수 있다. 문장 순서 바꾸기만큼 극적이지는 않지만 한 문장 안에서도 플롯, 즉 '순서 바꾸기'가 존재한다.

예를 들어 '벚꽃은 참 슬프다.'라는 문장의 순서를 바꾼다면 어떻게 될까? 아마 '슬픈 꽃, 벚꽃이다.' 혹은 '벚꽃, 참으로 슬픈 꽃.' 등의 느낌이 다른 문장이 나온다. 이처럼 문장 내에서도 순서 조정을 통해 다른 느낌을 줄 수 있다면 문장과 문장이 연결된 글에서는 어떨까? 다음 글을 읽어 보자.

유진이 벌떡 일어나 손에 들고 있던 닭다리를 화연에게 던졌다. 망설임이라고는 전혀 없었다. 평소 불같은 성격으로 유명한 화연이었지만 어쩐지 이번만은 별다른 반응이 없었다. 숨만 천천히 쉬고 있는 화연을 향해 유진은 식탁 위에 있는 음식들을 거침없이 던지기 시작했다.

그만!

어디선가 들려오는 소리와 함께 유진이 던지던 것을 멈추었다.

컷!

곧이어 들려오는 컷! 소리와 함께 화연이 벌떡 일어나서 뒤도 돌아보지 않고 저벅저벅 걸어 나갔다. 누가 봐도 분해 죽겠는 뒷모습이었다. 그제야 유진은 얼굴에 희미한 미소를 띄우고 소품이었던 음식을 몇 개 집어 먹었다.

불과 몇 시간 전, 대기실에서 화연이 유진에게 온갖 물건을 집어던지며 트집을 잡았던 기억이 상쇄되는 느낌이었다.

속이 시원했다.

앞에 세 줄에서는 일반적인 긴장감이 느껴진다. 식탁에 있는 음식을 마구 던지는 장면은 상상만으로도 긴장감을 불러일으키기 때문이다. 하지만 곧이어 이것은 촬영 장면이고, 어쩔 수 없이 연출되었으며, 그 이면에는 주인공의 알 듯 모를 듯한 되갚아 주기가 숨어 있다는 것이 차례로 드러난다.

문장에 숨어 있는 시간 순서는 윗글과 다르지만, 글의 긴장감을 살리기 위해 혹은 재미를 더하기 위해 시간 구조를 재배치한 것이다.

위의 글을 시간 순서대로 배치하면 다음과 같이 변한다.

대기실에 앉아 있던 화연이 유진에게 온갖 물건을 집어던지며 트집을 잡았다. 그리고 이어진 촬영에서는 입장이 바뀌어 있었다. 유진은 벌떡 일어나 손에 들고 있던 닭다리를 화연에게 던졌다. 망설임이라고는 전혀 없었다. 숨만 천천히 쉬고 있는 화연을 향해 유진은 식탁 위에 있는 음식들을 거침없이 던지기 시작했다.

컷!

소리와 함께 유진이 던지던 것을 멈추었다. 화연이 벌떡 일어나서 뒤도 돌아보지 않고 저벅저벅 걸어 나갔다. 누가 봐도 분해 죽겠다는 뒷모습이었다. 그제야 유진은 얼굴에 희미한 미소를 띄우고 소품이었던 음식을 몇 개 집어 먹었다.

속이 시원했다.

최소한의 긴밀성을 위해 밑줄 친 문장을 넣었을 뿐, 위 문장과 거의 동일한 문장을 재배치해서 쓴 글이다. 내용 흐름에는 문제가 없지만, 앞의 글에 비해 긴장도가 떨어지는 것은 사실이다. 대신 뒤 문장이 앞 문장의 결과를 대변하며 이어지고 있어서 뒷부분이 좀 더 이해가 쉽다.

이렇게 글의 순서를 바꾸면, 같은 이야기라도 느낌이 달라진다. 이는 긴 글에서뿐만 아니라 짧은 문장에서도 마찬가지이다. 다음 문장을 살펴보자.

그가 나를 사랑한다고 말했다.

엄마는 어서 오라고 소리를 쳤다.

아빠는 내가 없으면 죽을 것 같다고 했다.

잘하고 있다는 말을 들으면 힘이 난다.

너는 참 이상한 아이구나.

순서를 바꾸면 느낌이 전혀 다른 문장이 된다. 문장 내에서 순서를 바꾼다는 것은 주어와 서술어의 위치를 바꾸거나, 더 강조하고 싶은 단어를 떼어 별도의 문장으로 만들어 보는 것이다. 글 구성의 플롯과는 좀 다른 개념이지만, 순서를 조정하고 고친다는 점에서 비슷할 수 있다.

그렇다면 위의 다섯 문장은 어떤 식으로 바꿀 수 있을까? 다음 문장을 살펴보자.

사랑해. 그가 내게 말했다.

어서 와! 엄마가 소리쳤다.

네가 없으면 죽을 것 같구나, 라고 아빠가 말했다.

잘하고 있어! 라는 말은 힘이 난다.

이상한 아이야. 너는.

같은 문장이지만 단어의 위치를 바꾸고 문장부호에 따라 문장의 느낌이 달라진다. 최소한의 문장 변화로 최대의 효과를 낼 수 있는 방법, 순서 바꾸기를 활용하는 것이다. 이를 잘하려면 일단 문장을 쓴 뒤, 단어의 위치를 다양하게 바꿔 보는 연습을 해 보아야 한다.

다음은 '사랑해. 그가 내게 말했다.'를 바꾸어 본 문장이다.

그가 내게 말했다. 사랑한다고.

사랑해! 내게 그가 말했다.

그는 내게 사랑한다고 말했다.

그가 사랑한다고 말한 사람은 바로 나다.

나에게 그가 사랑한다고 말했다.

그는 내게 사랑을 말했다.

이렇게 여러 개의 문장으로 바꿔 본 뒤, 하나를 골라 보는 것이다. 글쓴이에 따라 위에 제시한 문장 외에 다른 것이 더 마음에 들 수도 있고, 자신이 쓴 것이 더 마음에 들 수도 있다. 이렇게 짧은 문장 안에서도 순서 바꾸기가 가능하다. 이를 바꿔 보며 가장 적절한 문장을 찾아가는 것이 중요하다.

'뜬금없다' 와 '신선하다' 의 사이

가끔 순서 바꾸기(플롯을 만들다. 혹은 플로팅이라고도 한다)를 했다는 문장을 보면 신선하다는 느낌보다 뜬금없다는 인상을 받는 경우가 있다. 이는 급작스러움, 낯설음을 '신선하다'고 착각할 때 흔히 저지르는 실수이다. 급작스러움이나 낯설음이 글에서 신선하려면 처음에 느꼈던 궁금증이 혼란과 지루함으로 바뀌기 전에 정보를 주고 감정을 끌고 갈 수 있는 빌미를 주어야 한다. 그렇지 않으면 글을 읽는 사람들은 '무슨 말인지 모르겠다.'는 반응을 보일 수밖에 없다. 아무런 준비가 되지 않은 상태에서 뚝 떨어진 것을 받아들이는 것이 쉽지 않기 때문에, 이해되고 납득되는 문장을 만들기 위해서는 점층적인 동의가 반드시 수반되어야 한다.

누군가 여러분에게 이런 말을 했다.

"이 계절에 반팔이 말이 돼? 아주 옴팡지게 감기에 걸려 봐야 정신을 차리지!"

한 사람은 길을 가다 만난 모르는 사람이고, 한 사람은 만난 지 얼마 되지 않은 연인이며, 나머지 한 사람은 어머니라고 가정해 보고 위 문장을 다시 한 번 읽어 보자.

길을 가다 만난 모르는 사람이 저렇게 말하면 어떤 기분이 들까? 우선 "뭐야…." 하고 황당할 것이다. 때에 따라서는 분노할 것이고, 찜찜한 기분이 계속 지속될 가능성이 높다.

만난 지 얼마 되지 않은 연인이면 어떨까? 말투와 표정에 따라 다르긴 하지만, 사용한 어휘를 보면 나를 걱정해서 조심스레 건네는 말이 아니다. 윽박지르고 구박하는 분위기이므로 이 경우에는 싸움이 나거나 마음이 상할 가능성이 크다.

이 말을 어머니가 했다면 어떨까? 대부분의 사람들은 "알았어요. 알았어!" 하고 가볍게 대답하고 넘기거나 "아 쫌!" 하고 잠깐 신경질을 낼 수도 있다. 다시 방으로 들어가 옷을 갈아입거나 혹은 "엄마 말이 맞네. 내가 계절 감각이 이렇게 없어요."라며 수긍하는 반응을 보일 것이다.

이렇게 같은 말에 반응이 다른 이유는 발화자와의 관계에서 그동안 점층적으로 쌓였던 사전 정보의 유무 혹은 그 깊이가 다르기 때문이다.

낯선 사람에게는 들을 이유가 없는 말이라서 "네가 뭔데?"라는 반응을 하게 되지만, 만난 지 얼마 되지 않은 연인에게 들으면 '할 수 있는 말이기는 하지만, 그 사람이 하니까 기분 나쁜' 정도로 받아들인다. 그리고 어머니는 '그동안 내가 계절 감각 없이 옷을 입고 다녀서 감기 걸린 걸 잘 알고 있는 사람이 하는 얘기'라는 정보에 의거, 무난하게 받아들일 수 있다.

글도 마찬가지이다. 플롯이 글의 순서를 바꾸는 것이라고 생각해서, 심리적 혹은 이성적으로 이해하고 납득할 만한 사건과 감정 동의를 독자에게 구하지 않고 갑자기 알 수 없는 이야기가 나오면 그 글은 신선함을 잃고 '뜬금없음'을 획득하게 된다. 때문에 반드시 사전 정보가 있거나, 혹은 미끼를 던지듯 계속 궁금하게 만들어서 읽는 사람을 끌고 나가는 방법이 필요하다.

그리고 무엇보다 첫 문장을 매력적으로 써야 한다. 자, 첫 문장은 어떻게 시작해야 할까?

03

문단을 끌어갈 첫 문장 쓰기

첫 문장의 색깔이 글을 좌우한다

첫 번째 문장은 중요하다. 그리고 모두가 어려워하는 것이기도 하다. 가끔 글쓰기 강의나 세미나에서 "글을 쓸 때 어떤 점이 가장 어렵습니까?"라고 질문하면 100명 중 90명이 "맨 먼저 무슨 말을 써야 할지 모르겠다."라고 말한다.

그만큼 첫 문장은 전체 글을 이끌어야 한다는 무게와 책임을 지니고 있다. 글을 시작하는 첫 발걸음이자, 글을 시작하지 못하게 하는 장벽인 셈이다. 첫 문장 쓰기가 어렵다면, 우선 자신이 해야 하는 이야기, 또는 전달해야 하는 내용을 한 단어로 써 보자.

예를 들어, 다음 주에 무슨 일이 있어도 반드시 휴가를 내야 하는 사람이 있다. 그런데 자신이 속해 있는 팀이 너무 바쁘고 정신없어서 휴가를 내기가 미안한 상황이다. 하지만 어쩔 수 없이 휴가를 가기로 했다. 그런데 이 회사는 휴가를 갈 때 상사에게 사유서를 내야 한다. 이 사유서만 내면 언제든지 휴가를 갈 수 있다. 단, 상사를 설득해야 한다. 현실과 맞지 않는 비유지만, 예시로써 읽기 바란다.

만약 당신이 이 사람이면, 사유서를 어떻게 쓰겠는가? 아니, 어떻게 첫 문장을 시작할까?

아무런 생각이 안 나는 사람이 태반일 것이다. 대체 휴가를 위해 무슨 문장을 만들어야 한단 말인가.

이렇게 막막할 때는 앞서 말한 대로 단어를 먼저 써 보자. 그렇게 하면 엉킨 실타래가 어느 정도 풀린다. 그렇다면 이때 가장 중심이 되는 단어는 무엇일까? '휴가'이다. 이 '휴가'라는 단어와 관련된 요소를 생각해 보면 된다.

앞에서 말했듯 우리가 문장을 쓰는 이유는 '동의'를 구하기 위함이다. 동의를 구한다는 것은 상대방이 내 문장을 읽고, 아니 내가 쓴 문장으로 연결된 나의 글을 읽고 마음이 움직여 내가 원하는 바를 주게끔 하는 것에 목적이 있다.

나는 지금 휴가를 원하고, 상사가 휴가를 주도록 문장을 써야 한다. 즉, 상사가 휴가에 관한 내 문장을 보고 그 문장에 동의를 하게 만들어야 한다. 그렇다면 휴가라는 단어에 붙여야 할 요소가 하나 더 생긴 셈이다. 바로 상사가 휴가에 가지고 있는 혹은 가질 만한 감정을 붙여 동의를 이끌어 내는 것이다.

이는 상사의 성향에 따라 달라진다. 그가 휴가를 '게으른

자들의 기분 좋은 핑계'라고 생각하느냐 혹은 '어떤 일이 있어도 휴식을 취해야 능률이 난다'고 생각하느냐에 따라 첫 문장이 달라진다.

만약 전자라면 놀거나 쉬기 위함이 아닌, 피치 못할 사정에 의한 휴가임을 문장에 먼저 담아야 한다. 후자라면 좀 더 당당할 수 있다. 더 큰 무리가 오기 전에 잠시 쉬어가는 시간을 꼭 가져야 할 것 같으니 며칠만 너그러이 양해해 달라는 논조로 문장을 쓰면 된다.

이렇게 두 상황에 따라 첫 문장이 달라진다. 전자는 '제가 이런 시기에 휴가를 요청드리게 될 줄은 꿈에도 생각하지 못했습니다.'처럼, 후자는 '열 보 전진을 위한 한 발 후진의 시간을 요청드립니다.' 같은 느낌으로 시작할 수 있다.

이렇게 첫 문장을 쓰고 나면, 그 뒤의 문장은 당연히 첫 문장을 따라가게 된다. 내용도 흐름도 스타일도 완전 다른 글이 나오는 이유는 바로 첫 문장의 색깔 때문이다.

자기소개서를 쓸 때도 첫 문장이 중요하다. 자소서를 쓰다 보면, 그 얘기가 다 그 얘기 같다. 특별하기보다 우리 모두의 이야기로 보인다. 왜 그럴까? 첫 문장이 비슷하기 때문이다.

자애로운 어머니와 엄한 아버지 밑에서 자란 아이가 가져갈 수 있는 삶의 방향이란 그다지 다양하지 않다. 첫 문장이 '자애로운 어머니와 엄한 아버지'로 시작하는 순간, 그 뒤의 문장도 역시나 뻔해진다. 하지만 첫 문장을 '태어나는 순간 알았습니다.'로 쓰는 순간 그 뒤의 이야기가 궁금해진다. '대체 무엇을 알았을까? 그리고 어떻게 태어나는 순간 알았을까?'라는 의문이 들기 때문이다. 결국 글을 끝까지 읽게 만드는 것은 매력적인 시작이다. 첫 문장은 그만큼 중요하다. 그리고 이 첫 문장을 쓸 때는 요령이 하나 있다. 바로 숨바꼭질이다.

드러낼 것이냐 숨길 것이냐

문장에는 대놓고 드러내는 문장이 있고, 슬그머니 숨기는 문장이 있다. 여기서는 편의상 전자를 '드러내는 문장', 후자를 '숨기는 문장'이라고 부르겠다.

다음 문장을 살펴보자.

1

나 네가 정말 좋아.

2

숨 쉬는 것보다 널 생각하는 게 더 쉽다는 걸 어느 순간 깨달았다.

3

숨길 수 없는 게 있다는 것을 처음 알았다. 너를 만난 후였다.

위의 세 문장은 모두 고백하는 문장이다. 첫 번째 문장이 직선적이고 솔직한 문장이라면, 두 번째 문장은 반쯤 숨긴 문장이다. 세 번째 문장은 '너를 만난 후였다.'라는 문장을 읽지 않으면 대체 뭘 숨길 수 없다는 것인지 알 수 없다. 숨기는 문장에 가장 가깝다.

1번처럼 쓰면, 두 번째 문장은 첫 문장을 이어서 설명하거나 내용을 더하면 된다. 하지만 2번이나 3번처럼 쓰면, 두 번째 문장은 첫 문장을 '증명'하는 방향으로 쓰면 된다. 이때 혼동할 수 있는 요소 중 하나가 2번이나 3번 문장처럼 '묘사' 혹은 '은유'가 들어가면 숨기는 문장이 된다고 생각하는 것이다.

하지만 묘사나 은유가 더해졌다고 해서 그 문장이 무조건 숨기는 문장이 되는 것은 아니다. 직설적이고 간단한 문장이더라도 글의 장르에 따라 첫 문장이 주는 흡입력이나 긴장감은 다를 수 있다.

만약, 어떤 글의 첫 문장이 '문이 열렸다.'라고 가정해 보자. 장르에 따라 이 간단한 문장이 가지는 긴장감은 확연히 달라진다. 보고서처럼 딱딱한 글은 이 문장으로 긴장감을 전혀 주지 않는다. 하지만 이 문장이 추리 소설의 첫 문장이라면 어떨까? 긴장감과 기대감이 생긴다. 즉, 글의 장르 또는 글의 의도에 따라 첫 문장을 숨기는 문장으로 쓸 것인지, 드러내는 문장으로 쓸 것인지가 결정된다. 그리고 이 역시도 작자의 의도에 따라 다른 의미를 지닌다.

다음 예시를 보고 같은 문장이 다른 장르에 들어갔을 때 어떤 느낌을 주는지 생각해 보자.

자기소개서	성장 소설
어쩔 수 없이 차를 팔았다.	
추리 소설	일기
하늘에 붉은 달이 떠 있었다.	
보고서	슬픈 드라마 대본
부탁드립니다.	

자기소개서에 들어간 '어쩔 수 없이 차를 팔았다.'라는 문장은 어떠한 사건의 계기라든가 반전의 요소, 캐릭터의 설명을 위한 것이라기보다는 상황 설명에 가깝다. 가난해져서 차를 팔았거나, 더 나은 도약을 위해 팔았다는 추가 설명이 뒤에 붙어 이 문장의 의미를 조금 더 설명해 줄 것이다.

하지만 성장 소설에서는 이 문장이 일반적인 상황 설명 외에 좀 더 다른 무게감을 가지게 되는 경우가 있다. 주인공이 중요한 심적 변화에 의해 차를 팔았거나, 반전을 위해, 혹은 뒤에 나올 사건의 실마리를 깔기 위해 이 문장을 넣었을 수 있다. 물론 자기소개서에 들어갔던 것처럼 상황 설명만으로 국한될 수도 있지만, 소설의 내용에 따라 자기소개서보다 훨씬 넓은 변주 범위를 갖게 된 것은 분명하다.

일기와 추리 소설의 예도 살펴보자.

붉은 달은 현상적으로 설명할 수 있는 달의 색깔이기도

하지만, 암묵적으로 내포하고 있는 의미를 간직한 단어이기도 하다. 보통 '붉은 달'은 큰 어려움이나 환란을 가져온다고 알려져 있어서, 추리 소설에서는 앞으로 다가올 큰 우환이나 사건을 의미할 때 묘사된다.

하지만 일기에서 '붉은 달'은 말 그대로 '붉은 색'의 달이 떴다는 상황을 설명하는 것이기 때문에 같은 문장이라도 쓰이는 곳에 따라 내포하는 의미도 달라진다.

보고서와 슬픈 드라마 대본의 '부탁드립니다.'도 마찬가지이다. 보고서에서 '부탁드립니다.'라는 말이 건조한 일상어라면, 대본의 '부탁드립니다.'는 정말 그 부탁을 들어주지 않으면 안 될 것 같은 간절함이 내포되어 있다.

이처럼 같은 문장이라도 그 문장이 쓰이는 곳에 따라 의도가 달라진다는 것을 염두에 두고 첫 문장의 '느낌'을 정해야 한다.

예쁜 문장 혹은 정확한 문장

요즘 '예쁜 문장 쓰기 강박증'에 빠진 사람들이 많이 있다. SNS 등에서 짧은 감성글이 유행하면서 완성된 문장보다는 비문이더라도 예쁘고 느낌 좋고 감각적인 글을 선호한다. 문장을 쓰면서 글의 흐름에 따라 강조하거나, 극적 효과를 위해 의도적으로 비문을 쓰거나 표현을 풍부하게 하기도 한다. 하지만 모든 글이 예뻐야 하는 것은 아니다.

좋은 문장의 정의를 내리기는 어렵지만, 그럼에도 불구하고 좋은 문장이란 무엇인가 묻는다면, '하고자 하는 말을 정확하게 전달하는 문장'이라고 할 수 있다.

정확하게 전달한다는 것은 읽는 이로 하여금 오해가 없도록 쓴다는 의미이다. 예쁜 말로 에둘러서 감싼 문장은 당장은 곱게 느껴지지만, 문장으로써의 역할을 다하지 못하는 경우가 더 많다. 그렇다고 해서 시적 허용이나 감성적인 문장이 좋지 않다는 말은 절대 아니다. '정서와 감성'을 표현하는 글에는 그 목적에 맞게 쓰면 된다.

다만, 우리가 일상생활에서 최소로 쓰는 문장은 간결하고 정확하게, 하고 싶은 메시지를 정확하게 담아내는 것이 중요하다. 미사여구가 많이 붙은 문장보다는 담백하더라도 정확한 문장을 쓰도록 연습해야 한다. 처음부터 애매모호하고 두루뭉술한 문장을 쓰다 보면, 결국 메시지를 전달하는 '진짜 문장'을 쓸 때 어려움을 겪게 된다.

정확한 문장을 쓰기 위해서는 어떤 점에 가장 주의해야 할까? 간단하다. 하고 싶은 말을 잊지 않으면 된다. 간단하지만 무척 어려운 일이다. 말도 하다 보면 산으로 가듯, 문장도 쓰다 보면 방향을 잃고 헤매는 일이 종종 발생한다.

앞에서 읽었던 예시 문장을 다시 살펴보자.

이 학교에 입학한 여러분을 환영합니다. 여러분 모두는 부모님에게 소중한 보물입니다. 학교는 보물을 찾을 수 있는 공간이기도 합니다. 여러분의 미래라는 보물! 열심히 공부

해서 모두가 보물 찾기에 성공하기 바랍니다! 그러기 위해서는 쉬는 시간에도 공부하는 습관을 들여야 합니다. 습관은 들이기가 어렵지 한 번 들여놓으면 오랜 시간 여러분의 삶을 풍요롭게 할 것입니다. 세 살 버릇 여든까지 간다고 하지 않습니까? 여든이면 요즘에는 젊은 겁니다. 저를 보십시오. 앞으로 십오 년 뒤에 여든이 될 텐데, 아직 젊어 보이지요?

앞에서는 긴밀함을 만드는 요소인 주제를 이야기하면서 위 예문을 살펴보았다. 지금 역시 다르지는 않다. 만약 이 연설 원고를 써야 한다면 가장 먼저 무엇을 해야 할까? 첫 문장은 어떻게 쓰며 문장의 연결성은 어떻게 해야 할까? 아니, 무엇보다 주제를 어떻게 잡아야 할까?

우리는 앞에서 수정된 문장을 '읽고' 넘어갔다. 그런데 문장을 직접 고쳐 보지 않아서 '읽고' 넘어간 것을 기억하기가 쉽지 않을 것이다. 수정된 문장을 보지 말고, 예시문을 스스로 고쳐 보자. 문장을 고치기 전에, 가장 기본적인 것은 무엇일까? 문장을 잘 고치기 위해서는 주제문을 제대로 골라내는 것이 가장 중요하다.

빨간 메모지의 비밀

문장을 쓰기 전에 노트나 컴퓨터 모니터 옆에 메모지를

하나 붙여 놓자. 여러분이 쓰려는 글의 주제 단어를 그 메모지에 적어 보자. 쉽게 말해서, 메모지의 한 단어는 글의 나침반과 같은 역할을 한다. 문장을 쓸 때 이 단어를 보고 또 보면서, 자신이 쓰고 있는 문장이 그 단어와 어떤 관계인지 생각해 보아야 한다. 강박을 가질 필요는 없지만, 강박으로 의심이 들 정도로 수시로 보아야 한다.

만약 단어가 너무 포괄적이면 그 단어와 주제 문장을 함께 써 놓는다. 주제 문장은 최대한 날 것이면 더 좋다. 주어와 서술어로 이루어진 촌스럽고 간단한 문장이면 충분하다.

예를 들어 감사, 축하, 공경 등의 단어는 그 자체로 범위가 무척 넓다. 짧은 문장만 간단하게 쓰는 경우는 상관없지만, 이를 바탕으로 긴 문장을 이어가야 한다면 단어만으로는 중간에 길을 잃기 십상이다. 이럴 때는 단어를 좀 더 세분화 한 문장으로 길잡이를 만들고 첫 문장을 쓰는 것이 좋다.

'감사는 말로 표현할 수 없다.', '감사하는 마음을 잊지 않겠다.', '감사할 일은 아니지만 시키니까 한다.' 등 감사라는 단어 하나에 담긴 의미는 수도 없이 많다. 그중에서 자신이 쓰고자 하는 문장이 증명해야 하는 감사의 요소를 미리 한 문장으로 정리해 두는 것이다.

간단한 방법이지만 메모지를 옆에 두고 글을 쓰면 길을 잃고 헤매는 일이 줄어든다. 문장 쓰기에 익숙하지 않다면 적극 권한다.

04

첫 문장을 증명하는 한 단락 쓰기

한 줄에서 열 줄, 가장 힘든 과정

첫 문장을 어떻게든 쓰고 난 뒤, 더 막막해지는 건 그다음 문장 때문이다. 일단 첫 줄의 고비를 넘기더라도 그 한 줄을 열 줄로 만들 때가 가장 어렵다. 그래서 보통 첫 문장을 쓴 뒤에 주섬주섬 부연 설명을 다는 경우가 많다. 특히 글쓰기에 익숙하지 않은 사람은 핵심을 드러내기보다 자신이 왜 이 문장을 썼는지 설명하는 데 더 공을 들인다. 하지만 중언부언 부연이 많은 문장은 지루함만 더할 뿐이다. 다음 문장들을 살펴보자.

1
　주문해 주신 상품이 입고 지연되고 있습니다.

택배사 측의 파업으로 인해 저희가 거래하고 있는 지점에서 사용하는 물류창고가 전면 마비되었다고 합니다. 공장에서도 물건을 보내 주지 못하고 있고 저희도 안타까움에 발만 동동 구르고 있습니다.

일단 3~5일 사이에는 해결될 듯 하니 조금만 더 기다려 주시면 감사하겠습니다.

저도 너무 속상합니다. 죄송합니다.

2

택배사 측의 파업으로 인해 주문해 주신 상품 발송이 늦어지고 있습니다.

최대한 빠르게 처리하기 위해 알아본 결과, 3~5일 사이에는 받아보실 수 있을 것 같습니다.

다시 한 번 기다리게 해드려서 죄송합니다.

두 예시는 같은 내용이지만, 전혀 다른 느낌이다. 친절하고 자세히 설명한 것은 1번 같지만, 그럼에도 불구하고 내용이 거의 들어오지 않는다. 핵심 없는 내용의 문장을 계속 병렬식으로 덧붙여 나갔기 때문이다. 문장이 진행되려면 엇비슷한 내용의 문장을 이어가는 것이 아니라, 앞의 문장보다 조금 더 발전된 문장, 그것이 내용이든 감성이든 상관없이 '진행성'을 갖춘 문장이 따라와야 한다.

2번 문장은 첫 문장에서 이미 하고 싶은 말을 다 끝냈다. 배송이 지연된 원인을 밝히고, 다음 문장에서 어떻게 조치하겠다는 발전적(진행된) 내용을 담은 문장이 이어진다. 이렇게 앞 문장을 증명하거나 진행하는 내용의 문장으로 이어나가면, 문장이 이어져 단락이 되고 한 편의 글이 완성된다. 중언부언, 같은 내용이나 비슷한 내용을 조금 변경해서 늘어놓는 것을 하지 말아야 한다는 뜻이다.

문장 성분의 조합으로 만드는 좋은 문장

주어, 서술어, 목적어, 보어, 관형어, 부사어, 독립어라는 말을 들어 본 적이 있을 것이다. 문장을 이루고 있는 구성 요소, 즉 문장 성분이다. 그런데 이들을 활용해 문장을 구성할 때는 짝을 잘 맞추어야 애매모호한 문장이 아닌 정확한 문장을 쓸 수 있다.

우리가 쓰는 문장은 대부분 주어, 서술어의 기본 구조로 되어 있다. '밥을 먹는다.', '집에 간다.', '꽃이 예쁘다.' 등은 간단한 문장의 형태이다. 이때 문장 성분들이 호응을 이루기 위해서는 서술어에 대한 주어가 존재해야 하고, 주어와 서술어가 서로 호응해야 한다. 간혹 누구나 알 법한 것을 쓸 때는 주어를 생략하기도 하지만, 이때에도 주어와 서술어가 호응되어야 자연스럽다.

먼저 다음 문장을 살펴보고, 어색한 것을 골라보자.

-새로 온 차장님은 능력 있는 영업자로 우리 회사가 발전

했다.

-여자 친구와 함께 있는 시간은 더욱 행복한 일이다.

-건강을 위해서는 식단 조절과 운동 방법을 바꿔야 한다.

-나는 미경이와 걷는 것이 원하는 일이었다.

어떤 문장을 골랐는가? 어떤 부분이 어색한지 찾았는가? 네 문장이 모두 다 어색하다. 우선 주술 관계가 하나도 맞지 않는다. 이 부분을 가려내기 위해서는 부수적인 문장성분은 걷어내고, 주어와 서술어만 붙여 보았을 때 말이 되는지 확인하면 된다.

첫 번째 문장에는 '차장님은~발전했다.'라는 주술 관계가 보인다. 한 마디로 차장님은 발전할 수 없다. 발전에 이바지하거나 발전을 하는 데 힘을 보태는 것이 맞다.

두 번째 문장에는 '여자 친구가 행복한 일이다.'라는 이상한 주술 관계가 만들어졌다. 이때는 시간이 행복한 것이기 때문에 '여자 친구와 함께 있는 시간은 행복하다.'라고 바꿔야 한다.

세 번째 문장에서는 식단 조절과 운동 방법이라는 두 개의 주어가 '바꿔야 한다'라는 서술어에 연결된다. 식단 조절은 바꾼다는 말과 어울리지 않는다. 식단 조절은 '해야 하는 것'이고, 운동 방법은 '바꿔야 하는 것'이기 때문이다. '식단을 조절하고, 운동 방법을 바꿔야 한다.' 또는 '식단 조절을 해야 하고, 운동 방법을 바꿔야 한다.'로 고쳐야 한다.

네 번째 문장 역시 '나는~일이었다.'가 주술 관계가 된다.

나는 원하는 것이 아니라 내가 원하는 것이 맞기 때문에, 이 문장은 '내가 원하는 것은 미경이와 걷는 일이었다.'로 고쳐야 한다.

이처럼 한 줄의 문장을 쓸 때조차 앞뒤 주술 관계가 어긋나면 문장이 어색해진다. 이럴 때는 주어와 서술어를 먼저 매치해 보고, 수정을 하도록 하자.

내 글의 기획안

몇 줄의 짧은 문장이 아닌, 문장과 문장이 이어진 긴 글을 써야 할 때 가장 중요한 것은 주제이다. 그럼 그 주제를 중심으로 글을 어떻게 조직해야 할까? 사람들은 보통 글을 쓸 때 종이나 컴퓨터 화면 앞에 앉았을 때야 비로소 어떤 얘기를 쓸까 고민한다. 하지만 그때부터 고민하면 온전한 문장이 나오기 어려울 뿐더러, 그 문장을 이어 제대로 된 글로 구성하기가 힘들다. 그럼 글을 잘 조직하려면 어떻게 해야 할까?

먼저 색깔 메모지(필자는 빨간색을 주로 이용한다.)에 주제어나 주제 문장을 써서 잘 보이는 곳에 붙여 놓는다. 그다음 기획안을 간단하게 써 보는 것이 좋다. 아무리 간단한 글에도 구조가 있다. 구조가 튼튼해야 읽는 사람이 이해하기 쉽다. 그 구조가 제대로 서 있어야 그것이 한 줄 한 줄의 문장이 되므로, 거창하지 않아도 어느 정도의 계획을 세워야 글을 쓰는 데 큰 도움이 된다.

예를 들어 1,000자 정도의 글을 써야 한다고 가정했을 때, 우선 항목을 대충 나눠 보고, 항목에 어떤 내용을 쓸 것인지 구성해 보는 것이다. 때에 따라서는 이렇게 구성하는 동안에 자신이 생각했던 순서와 달라지기도 한다. 한 줄 정도로 글로 정리해서 배치하다 보면 자기도 모르게 내용이 정리된다. 이렇게 잘 정리된 항목들은 글쓰기의 내비게이션이 되어 준다. 그다음에는 문장에 살을 붙이기만 하면 된다. 이때는 묘사나 은유 등의 표현력을 충분히 발휘해서 내용을 좀 더 풍성하게 만들면 된다.

기획안은 문장의 뼈대를 만들기 위해 꼭 필요한 작업이다. 글쓰기에 익숙해지면 머릿속으로 기획안을 쉽게 만들기도 한다. 하지만 전문 작가들도 글을 쓰기 전에 철저하게 설계하고 기획한 후에 글을 쓴다. A4 반쪽짜리 짧은 글을 쓸때에도 설계는 반드시 거쳐야 하는 과정이다.

같은 문장을 두 장르로 쓰기

이번에는 같은 문장을 쓰고 다른 장르로 발전시켜 보는 방법이다. 이 연습은 첫 문장을 쓴 뒤, 다음 문장을 쓰는 데 시간이 오래 걸리는 사람들에게 꼭 권하고 싶은 훈련이다.

될 수 있으면 손으로 쓰면서 하는 것이 좋은데 이유는 간단하다. 컴퓨터 앞에 앉아서 하얀 모니터를 바라보고 있는 것보다 손에 펜을 들고 종이를 바라보는 것이 집중이 더 잘

되기 때문이다. 종이는 길게 반으로 접어서 각각 써서 비교해 보자.

예를 들어 '서류 전달이 잘못되었다.'라는 문장을 첫 문장으로 쓴 뒤, 한쪽에는 '시말서'로 써 보고, 다른 한쪽에는 친한 친구에게 투덜거리는 편지문을 써 보는 것이다. 다음과 같이 글이 진행될 것이다.

서류 전달이 잘못되었다. (시말서)	서류 전달이 잘못되었다. (편지문)
먼저 죄송하다는 말씀드립니다. 금일 전달드린 서류가 잘못되었음을 발견했습니다. 서류의 표지가 같아 발생한 문제였습니다. 요청하신 서류는 다시 전달드렸습니다. 잘못 전달된 서류는 파기해 주시기를 부탁드립니다. 다시 한 번 혼란스럽게 해드린 점 죄송하게 생각합니다.	아, 완전 짜증나. 하필 서류가 잘못 전달되었지 뭐야. 누구니? 대체. 서류 표지를 같게 만들어 놓는 바보가 어디 있어? 서류 파기 부탁했는데 해 줄까? 아, 정말 멘붕! 오늘 하루 완전 엉켰어. 상대방한테도 미안하긴 한데, 내가 더 속상해.

같은 문장으로 시작했지만 장르에 따라 전혀 다른 문장이 뒤에 이어지는 것을 볼 수 있다. 시말서의 경우 최대한 감정이 자제되어 사실 관계를 밝히는 문장으로 이어진다. 한편 편지문의 경우는 상황에 대한 감정 표현이 훨씬 자유롭게 나타나 있다.

이렇게 한 문장을 다른 장르로 쓰는 연습을 하다 보면 자신이 좀 더 편하게 쓰는 문장과 어렵게 쓰는 문장이 어떤 것인지 알 수 있다. 또한 첫 문장 뒤에 문장을 이어 보는 연습을 더 쉽게 할 수 있다.

05

문단에 들어가는 단 하나의 생각, 주제

주제를 알라

주제는 말과 글에서 가장 중요한 요소이다. 주제가 없는 말과 글은 그 목적을 잃게 되고 결국 무의미한 것이 되고 만다. 앞에서 예로 들었던 교장 선생님 훈화도 주제가 없으면 공허하게 전달되고 다음과 같은 반응을 얻게 된다.

"그래서 하고 싶은 말이 뭐야?"

어떤 글을 읽었는데 한 문장 한 문장이 나쁘지 않고 분량과 내용도 적절한데, 무슨 말인지 모를 때가 많다. 그럴 때는 글의 주제가 없는 경우가 많다. SNS 등에 감성적으로 쓰는 글, 가끔 유머의 소재가 되곤 하는 싸*월드 등에 끄적였던 문장들이 대부분 주제 없이 흘러가는 대로 쓴 것들이 많다.

물론 이들 글에도 주제가 있다고 말하는 사람도 있다. 감정 표현 역시 주제라고 생각한다면 그렇게 받아들일 수도 있지만, 주제는 내가 이 문장을 통해 얻고자 하는 목적성이 정확하게 들어가 있어야 한다. 누군가에게 어떠한 사실을 알리겠다, 현재 상태의 감정을 정확하게 전달하겠다 등의 확고한 목적성이 있어야 하기 때문에, 위에 예로 든 문장은 '느껴질' 뿐 '무슨 말을 하는지 알기'가 어렵다.

다음 예시를 살펴보자.

1

좀비는 원래 한 종교에서 기인한 존재이다. 공포 영화 등에서 많이 활용되었다. 좀비를 죽이려면 심장에 말뚝을 박으면 된다. 좀비는 주술로 깨울 수 있다. 시체가 살아서 움직이는 것으로 표현되는 것이 대부분이다. 좀비한테 물리면 좀비가 된다. 누군가에게 물려도 좀비가 될 수 있다는 것이 공포감을 준다. 부두교에서는 좀비를 깨우는 사제가 최고 권력자이다. 약물로 잠시 죽은 것처럼 꾸몄던 사람이 깨어나는 것으로 사람들을 미혹시켰다. 불에 태우면 다시 죽는다.

2

좀비는 약물로 사람이 죽은 것처럼 꾸몄다가 살리는 행위를 통해 권력을 잡고자 했던 부두교라는 종교에서 기인한 존재이다. 부두교의 최고 권력자는 사제이고 주술을 이용, 시체를 살려낼 수 있다고 알려져 있다. 이 시체를 살려낸다는 것과 살아난 시체, 즉 좀비에게 물릴 경우 일반인이 감염되어 좀비가 된다는 것이 공포의 요소가 되는데, 이런 특징을 활용해서 공포 영화에 종종 소재로 활용되었다. 좀비는 심장에 말뚝을 박거나 불로 태워야 완전한 죽음을 맞이하게 된다.

1번 글은 각각의 문장에는 크게 문제가 없다. 하지만 주제 없이 문장을 늘어놓기만 해서 다 읽고 나서도 무슨 말인지 헷갈린다. 같은 내용이라도 앞 문장에 연결하면서 조금씩 범위를 넓히고 연계해 주어야 뒤 문장도 힘을 받는데, 1번 문장은 흩어진 구슬처럼 문장들이 흩어져 있다.

하지만 2번 글은 '좀비란 무엇인가'라는 주제가 뚜렷하게 드러난다. 맨 앞에 좀비에 대한 정의가 나오고, '정의된' 좀비와 관련된 존재인 '사제'에 관한 문장이 이어진다. 이후 '사제'가 하는 일과 '그 일'로 인해 나타나는 연관 요소인 '공포'가 어디에 활용되는지 설명하고 있다. 그리고 마지막에는 '이렇게 정의되고 활용되는 존재'인 좀비를 없앨 수 있는 방법을 설명하는 문장을 배치함으로써 마무리 짓는다.

한 가지 주제에 대해 떠오르는 대로 문장을 쓰면, 앞뒤 문장의 연관성이 없고 그저 나열하는 데 그치지만, 무엇을 쓰겠다고 주제를 정확하게 결정하고 쓰면 좀 더 연계성을 갖춘 문장으로 글을 완성할 수 있다.

다른 예를 한 번 더 살펴보자.

개는 참 친근한 동물이다. 사람들을 보면 꼬리를 치며 다가 오고 손을 내밀면 혀로 핥아 주기도 한다. 머리를 쓰다듬어 주면 대부분의 개는 무척 좋아하는 얼굴을 하고, 자기의 머리를 들이대며 계속 쓰다듬어 달라고 한다. 나도 개를 키우는데 우리 개도 머리 쓰다듬는 것을 좋아한다. 가끔 내가 모른 척하면 일부러 다가와서 머리를 들이밀 때도 있다. 쓰다듬어 주고 나면 기분 좋은 듯 길게 늘어져 잠이 든다.

잠이 든 우리 개의 얼굴은 꼭 천사 같다. 천사를 본 적은 없지만 '천사가 있다면 이런 모습이 아닐까?' 하는 생각을 우리 개를 보면서 하곤 한다. 그래서 나는 개가 너무 좋다.

이와 같이 문장을 쓰는 사람들이 생각보다 많다. 읽어 보면 뭔가 어색한데, 그렇다고 아주 잘못된 것 같지는 않다. 그럼에도 불구하고 잘 썼다는 생각은 들지 않는다. 혹 문장이 잘못된 것인가 싶어 하나하나 뜯어 보면 문장 자체에 크게 잘못된 점은 찾을 수가 없다. 그런데 참 이상하게도, 이어서 읽다 보면 어딘지 모르게 어색하다.

보통 문장 연결이 이상할 때는 한 단락의 글 안에 있는 문장이 서로 다른 이야기를 하고 있을 때이다. 아예 드러내 놓고 반대되는 이야기를 하는 경우도 있는데, 이럴 때는 어느 부분이 잘못되었는지 찾아내기가 쉽다.

문제는 위에 예시로 든 글처럼 어딘지 모르게 껄끄럽고 어색한 글이다. 이럴 때 가장 빠르게 잘못된 부분을 찾는 방법이 바로 '주제'를 파악해 보는 것이다.

윗글의 주제는 비교적 명확하다. 첫 문장에 나와 있기 때문이다. 글쓴이는 '개는 친근한 동물이다.'라는 주제로 글을 진행시키려고 한다. 주제를 이렇게 잡았으면 뒤에 이어지는 문장들은 분명 개가 왜 친근한 동물인지를 설명하거나 주장하거나 증명하는 문장이 나와야 한다. 그런데 친근한 동물임을 증명하는 문장을 '머리 쓰다듬는 것을 좋아한다.'라고 써서 자신의 개인적인 경험과 감상으로 연결시켜 버렸다. 때문에 주제가 중간에 증발해 버린 글이 되었다.

문장을 읽어 보면 언뜻 통일성을 갖춘 듯하지만, 이 글에는 여러 주제 문장이 섞여 있는 셈이다. 윗글을 각 주제에 따라 나눠 보면 다음과 같이 구분할 수 있다.

개는 참 친근한 동물이다.
사람들을 보면 꼬리를 치며 다가오고 손을 내밀면 혀로 핥아 주기도 한다.

개는 머리를 쓰다듬어 주는 것을 좋아한다.
머리를 쓰다듬어 주면 대부분의 개는 무척 좋아하는 얼굴을 하고 자기의 머리를 들이대며 계속 쓰다듬어 달라고 한다. 나도 개를 키우는데 우리 개도 머리 쓰다듬는 것을 좋아한다. 가끔 내가 모른 척하면 일부러 다가와서 머리를 들이밀 때도 있다. 쓰다듬어 주고 나면 기분 좋은 듯 길게 늘어져 잠이 든다.

나는 우리 개가 천사 같아서 좋아한다.

잠이 든 우리 개의 얼굴은 꼭 천사 같다. 천사를 본 적은 없지만 '천사가 있다면 이런 모습이 아닐까?' 하는 생각을 우리 개를 보면서 하곤 한다. 그래서 나는 개가 너무 좋다.

좀 더 넓게 보면, 이 글의 주제를 '나는 개를 키운다.' 또는 '내가 키우는 개는 머리 쓰다듬어 주는 것을 좋아한다.'로 까지 볼 수 있다. 즉, 저 짧은 글에 주제문이 여러 개 있고, 그 주제에 따라 각각 다른 문장이 연결되어 있는 셈이다.

이 글에서는 통일성을 기대하기 어렵다. 하나의 주제를 정하고 그 주제를 잊지 않은 채 글을 쓰는 것은 쉬운 일이 아니다. 하지만 주제가 흔들리면 문장은 중구난방이 되고, 중구난방인 문장으로 구성하면 이해하기 쉽지 않은 난해한 글이 된다. 차라리 쓰고 싶은 것이 많을 때는 주제를 나눠 놓고 단락으로 구분해서 쓰거나, 하나의 주제로 글을 쓰면서 다른 주제를 포함하도록 구성하는 것이 낫다. 윗글 같은 경우 개가 천사 같기 때문에 키우고 있다는 식으로 '개를 키우다'와 '천사 같다'라는 주제를 합치는 것이 가능하다.

주제와 소재

주제를 정한 후 다음으로 준비해야 하는 것이 소재이다. 글을 구성할 때 자극적이고 재미있는 소재를 써야 한다고 생각하는 경우가 많다. 그래야 사람들이 관심을 갖고 읽는다고 생각하기 때문이다. 그러나 글의 몰입도와 흡인력은 구조와 짜임새로 판가름 나는 것이지, 소재는 그다음 요소이다.

같은 소재라도 타당성 있게 풀어낼 수 있는 문장으로 쫀쫀하게 글을 쓰는 사람이 있는가 하면 대체 무슨 말을 하는지 모르겠지만 '사건 하나는 참 어마어마하구나.' 하는 느낌만 주는 글을 쓰는 사람도 있다. 때문에 소재를 선택할 때는 자신이 쓰고자 하는 문장을 증명해 줄 만한 것을 찾아 넣어야 한다. 우기고 주장하는 소재를 끼워 넣어 문장을 자극적으로 구성하려고 하면 안 된다.

소재를 골라 문장 만들기를 연습하는 법은 간단하다. 주변만 둘러보면 된다.

지금 여러분이 앉아 있는 주변을 둘러보자. 눈에 띄는 사물이나 사람의 이름을 종이에 쭉 한 번 써 보자. 아마 아무것도 없는 텅 빈 공간이 아닌 이상, 열 가지 이상의 단어를 쓸 수 있을 것이다. 벽지, 형광등, 문고리 등도 상관없다. 이렇게 쓴 사물이나 사람이 글의 소재가 된다. 소재를 정한 뒤에는 아주 단순하게 동사 하나를 뒤에 붙여 보자. 그러면 일단 말이 되든, 되지 않든 문장이 하나 만들어진다. 이 문장을 첫 문장으로 시작해 보는 것이다.

다음 예시를 살펴보자.

노트북 몬스테라 화분 미스트 필통 김 대리 이 차장 비타민C 슬리퍼 어항 복사기 서류철	뛰다

　왼쪽에 적은 것은 소재이다. 오른쪽은 동사이다. 이 둘을 한 번 합쳐 보자. 노트북, 미스트, 필통, 김 대리, 이 차장, 비타민C가 모두 뛰게 된다.

　김 대리나 이 차장은 사람이니 '뛴다'라는 문장 뒤에는 왜 뛰는지 혹은 어떻게 뛰는지, 어디로 뛰는지 등의 문장이 이어질 수 있다. 하지만 노트북, 미스트, 필통, 복사기, 비타민C가 '뛴다'라는 문장 뒤에는 어떤 문장이 이어질까? 개인의 상상에 따라 다양한 문장이 나올 것이다. 이렇게 소재를 가지고 다양한 문장을 만들다 보면 나도 모르게 마음속에 어떤 '노선'을 가지고 문장을 연결하고 있음을 발견하게 된다. 그 '노선'이 바로 주제이다.

주제는 마음속에

　소재는 글에서 충분히 드러난다. 글을 이끌어가는 '사건'에 포함된 것이기 때문이다. 다음 두 개의 예시를 읽어 보자. 그리고 소재와 주제를 골라 보자.

1

많은 사람들이 사랑하는 여행자의 도시 방콕은 안타깝게도 내게 그다지 매력적이지 않다. 아니, 이제는 매력적이지 않다는 말이 더 맞겠다. 처음 방콕을 방문했던 20년 전, 그리고 그 기억을 잊지 못해 매년 방콕에 갔고 그렇게 7년쯤 더 방콕을 왔다 갔다 한 후에는 더 이상 가지 않게 되었다. 내가 사랑했던 모습이 여전히 남아 있기는 하지만 세련되어졌고, 능수능란해졌기에.

들꽃만으로도 해사하게 예뻤던 소녀가 보석을 치렁치렁 단 모던 레이디가 되어가는 느낌이랄까. 몇 년을 두고 혼자 찾던 맛집이 건물을 올려 기업처럼 운영되고, 뒷골목의 작은 노천 카페가 세련된 뉴욕의 모습을 가져오면서부터 나는 점점 방콕에 대한 흥미를 잃었다. 하지만 방콕에 흥미를 잃었다고 해서 동남아시아에 대한 흥미까지 없어진 것은 아니었기에 습관처럼 끊던 방콕행 비행기 티켓을 대신할 도시를 물색하기 시작했다. 파타야, 푸켓, 끄라비, 코사무이, 후아힌, 꼬창, 펫부리 그리고 치앙마이까지 천천히 태국의 다양한 모습을 만나던 중, 치앙마이에서 만난 한 배낭여행자의 입에서 나온 지명 하나에 마음이 흔들렸다.

빠이.

2

참 지겨운 것이었다.

인연을 정리한다는 것은 얽혀 있던 아주 사소한 것까지 신경 쓰고 고민하고 결정할 일이 생겨야 한다는 말과 같았다.

아무렇지 않게 썼던 의자의 주인을 정해야 하는 것.

통장에서 자동으로 빠져나가던 공과금을 비롯한 생활에 관여된 비용을 재정리해서 나눠야 한다는 것.

함께 맺었던 인연 중 누구의 옆에 남을 것인지 그들에게 물어야 한다는 것.

어제만 해도 가족이었던 사람들과 마주치면 어색할 사이가 되어야 한다는 것.

굳이 겪지 않아도 될 일들을 겪어야 하는 것이 바로 인연 정리였다.

법적으로 정리하는 시간은 오히려 감사할 정도로 짧았다.

자잘하고 귀찮은 것들을 하나하나 챙기고 마무리하는 것이 지리하고 길었을 뿐. 그래서였을까. 그 모든 것이 끝난 후, 든 생각은 하나였다.

떠.나.고.싶.다.

그냥 떠나고 싶었다.

어디를 가고 싶다가 아니라 그냥 막 떠나는 것. 그걸 하고 싶었다. 마침 마일리지가 좀 모여 있던 항공사 홈페이지로 들어가, 다음날 오전에 바로 떠나는 비행기를 찾았다. 거기가 아프리카면 아프리카로, 유럽 어디면 유럽 어디로, 이름 모를 나라면 그냥 그 나라로 곧장 떠날 심산이었다. 지구는 둥그니까 어디든 가서 자꾸자꾸 걷다 보면 다시 집으로 오겠지라는 막연하고 어리석은 생각과 함께.

표는 있었고, 마침 공항에 가기 좋은 오전 열한 시였으며 좌석은 두 개가 남아 있었다. 홀린 듯 왕복 티켓을 구매한 곳, 목적지는 이스탄불이었다. 대체 날씨가 어떤지 가서 어디 묵어야 할지도 막막해서 옷은 대충 봄부터 초겨울까지 집어넣고 그제야 미친 듯이 호텔 예약 사이트를 뒤져서 숙박을 해결했다. 여행이라는 것, 이렇게 반나절 만에도 다 해결이 되는구나 싶은 신기함을 안고 비행기에 오른 후, 기내식도 먹지 않고 깊은 잠에 빠졌다.

1번 글과 2번 글 모두 소재는 확실하게 드러난다. 방콕, 빠이, 이스탄불 등의 도시가 소재이고, 항공사, 마일리지, 인연, 정리, 배낭여행자 등도 소재로 활용되었다. 하지만 주제는 밖으로 드러나 있지 않다.

글을 쓴 저자가 의도한 주제는 있겠지만, 읽는 사람에 따라 주제가 조금 달라질 수도 있다. 예를 들어 똑같이 1번 글을 읽어도, "빠이가 뭐지?"라는 궁금증이 생기면서 자연스레 '빠이는 어떤 도시인가?'라는 내용을 기대하며 뒤에 이어질 글을 읽는다. 저자가 "나는 지금 빠이에 대해 말할 거예요."

라고 대놓고 말한 적이 없어도, 독자는 '빠이는 어떤 도시인가?'라는 주제를 마음에 담는다. 또 여행을 많이 가 본 사람이라면 '다음 여행지에 대한 정보는 만나는 사람에게 얻는 것이 가장 좋다.'를 주제로 생각할 수도 있다.

물론 저자가 의도한 주제는 '빠이란 무엇인가?'겠지만, 이 역시도 글에 '빠이는 ○○한 도시이다. 지금부터 빠이에 대해 설명하려고 한다.'라는 식으로 명확하게 드러나 있지 않다.

2번 글 역시 주제는 '인연을 정리하기 위한 가장 빠른 방법은 여행이다.'를 의도한 것이지만 읽는 사람에 따라서는 '반나절 만에도 여행 준비는 가능하다.'로 받아들일 수 있다. 또한 '이스탄불 여행하는 방법'이라고 받아들이는 사람도 있을 것이다. 만약 글의 맨 앞에 주제문을 써 놓고 이를 증명하는 문장들을 뒤에 나열했다면, 주제를 쉽게 찾을 수 있겠지만 그런 식으로 주제를 대놓고 쓰는 경우는 별로 없다. 논설문이나 설명문은 주제가 문장으로 확실하게 드러나지만, 일반적인 글에서는 숨어 있는 경우가 대부분이다.

눈에 보이면 그 문장만 붙잡고 끌고 나가면 되는데, 보이지 않기 때문에 잊어버리고 다른 곳으로 새버릴 수 있기 때문이다. 때문에 주제문을 정한 뒤에는 글을 시작하고 마치는 순간까지 그 문장을 기억하며 다음 문장을 이어나가는 습관을 가져야 한다. 일관성 있고 연계성 있는 문장을 쓰는 데 가장 중요한 부분이다.

06

말하듯이 문장 쓰기

녹음기의 비밀

문장을 쓰는 게 아직 어렵다면 녹음을 해 보자! 녹음기에 자신이 쓰고 싶은 글을 말로 먼저 녹음해 보는 것이다. 글보다는 말이 쉽기 때문에 종종 쓰이는 방법이다.

이때 녹음기를 켰다는 것 자체만으로 긴장을 해서 말이 꼬이는 경우가 있으니 의식하지 말고 최대한 자연스럽게 녹음을 해 보자. 굳이 연설하듯 하지 않아도 된다. 앞에 가장 친한 친구가 있다고 생각해도 좋고, 스스로에게 혼잣말처럼 해도 좋다. 자문자답을 해도 좋고 '음, 에, 그러니까, 아니지' 등의 추임새가 들어가도 전혀 상관없다. 중요한 것은 자신이 쓰고자 하는 글에 들어갈 내용을 처음부터 끝까지 직접 설명하는 것이다. 녹음은 한 번도 좋고 맘에 들게 나올 때까지 여러 번 해도 좋다. 이렇게 녹음을 한 뒤에는 꼭 들어보고, 귀에 가장 덜 거슬리는 것을 골라내자. 그다음 단계는 녹음한 파일을 활용해 보는 것이다.

문장을 잘 쓴 책을 하나 골라서 그 책을 읽는 것을 녹음해 보는 것도 좋다. 문장을 베껴 쓰면서 좋은 문장을 습득할 수도 있지만, 읽으면서 그 문장을 내게 익숙하게 만드는 것도 좋은 방법이다.

외국어를 공부할 때 말하고 듣기가 도움이 되듯, 좋은 문장을 익힐 때도 내 입에 붙고 그것이 머리로 들어와야 손에서 다시 나오게 된다. 누군가가 읽어 주는 것을 듣는 것보다, 스스로 직접 읽어 보는 것이 좋다. 그래야 문장의 호흡과 길이까지 자연스레 습득할 수 있다.

만약, 쓰는 것이 정말 너무 막막하다 싶으면, 우선 읽어 보자. 큰 도움이 될 것이다.

녹취는 나의 힘

글을 쓰기 위해 내 말을 녹음한 파일을 활용하는 방법은 간단하다.

파일을 틀어 놓고 그대로 옮겨 써 보는 것이다. 녹취록을 푸는 것인데 이때 추임새나 자문자답 등은 빼도 되지만, 말한 것은 최대한 그대로 옮겨 적는다. 옮겨 적은 뒤에는 문장을 고쳐 본다. 구어체와 문어체가 다르기 때문에 이를 수정해야 하고, 앞에 나왔어야 하는 말이 뒤에 나오는 경우도 있기에 순서도 조정해야 한다. 이때 주의해야 할 것은 억지로 문장을 만들려고 하지 말고 최대한 간단하고 담백하게 정리해야 한다는 점이다. 이 과정에서는 녹취를 옮긴다는 수준으로만 정리해야 한다.

다음 예시는 녹취된 파일을 옮긴 뒤, 이를 순서 정도만 조정하여 정리한 것이다. 한 번 살펴보자.

1

열 시간 정도씩 연습해요. 춤이요. 근데 하루에 먹을 수 있는 건 김밥 두 개예요. 한 줄도 아니고 두 조각. 그거랑 아이스 아메리카노만 마셔요. 아이스 아메리카노가 엄청 이뇨작용이 강해서 그렇게만 먹고 마시고 춤 연습하면 일주일에 이삼 킬로그램이 막 빠져요. 아, 맞다…! 그래도 안 빠지는 애들이 있는데, 걔네는 정말 스트레스 받아요. 엄청 인간적으로 모욕 주고 센터에서 연습하다가도 막 뒤로 빼고. 그래도 데뷔만 하면 다행이죠. 그때 생각하면 지금도 눈물 나요.

2

춤은 열 시간 정도 연습한다. 하루에 먹을 수 있는 건 김밥 한 줄도 아닌 단 두 조각이다. 아이스 아메리카노를 마신다. 아이스 아메리카노는 이뇨작용이 강해서 마시고 춤 연습하면 일주일에 이삼 킬로그램이 막 빠진다. 그래도 안 빠지는 애들은 스트레스를 받는다. 인간적으로 모욕 주고 센터에서 연습하다가도 뒤로 뺀다. 데뷔만 하면 다행이다. 그때 생각하면 지금도 눈물 난다.

다음 글은 2번을 가지고 '아이돌 데뷔는 힘들다.'란 주제를 잡고 '아메리카노'와 '김밥 두 조각'이라는 소재로 문장을 구성한 것이다. 한 번 비교해 보자.

다음 문장에서 유념해서 볼 것은, 소재를 통해 주제를 어떻게 증명했는가와 앞 문장과 뒤 문장의 연결성 등이다.

3
김밥 두 조각과 무제한 아이스 아메리카노, 이 두 개가 허락된 유일한 음식물이다.

이것만 먹고 하루 열 시간 정도 춤을 연습하면 일주일에 이삼 킬로그램이 막 빠지는데 이때도 살이 빠지지 않은 아이들은 나름의 고충을 또 겪어야 한다. 본인들이 받는 스트레스는 물론이고 인간적인 모욕과 함께 연습에서도 소외당한다. 그래도 데뷔라도 하면 다행이라며 눈물을 삼키는 사람, 바로 이 시간을 거쳐 여기까지 온 아이돌이다.

1번 글에서 시작한 것이 정리를 통해 2번 글이 되었고, 다시 3번의 구성을 갖추게 되었다. 이와 같이 문장이 잘 안 써질 때, 혹은 처음에 어떻게 시작해야 할지 막막할 때 녹취를 활용할 수 있다. 문장을 쓰고 난 뒤에, 검토는 어떻게 해야 할까? 바로 소리 내어 읽어 보기이다.

소리 내어 읽어 보기

소리 내어 읽는 것은 문장을 쓰는 데 큰 도움이 되는 방법 중 하나이다. 남이 쓴 좋은 글을 소리 내어 읽는 것은 물론이고, 내가 쓴 글을 읽어 보는 것도 도움이 된다. 처음 녹취로 시작한 글은 마지막에도 직접 소리 내어 읽어 보는 것이 스스로 검토할 수 있는 가장 빠른 방법인데, 귀에서 어색하면 분명 눈에서도 어색하기 때문이다.

자기가 쓴 문장을 천천히 읽다 보면, 뭔가 말이 꼬이거나 갸우뚱하게 만드는 부분이 분명히 있다. 이런 부분을 고쳐야 한다. 앞뒤 문장이 전혀 어울리지 않거나, 주제가 다른 얘기를 하고 있는 경우도 종종 발견된다. 무심하게 길게 썼던 문장도 직접 소리를 내어 읽다 보면 그제야 눈에 들어온다. 읽으면서 숨이 찬 순간, '아, 고쳐야겠다.'라는 생각이 들기 때문이다. 쓸 때는 무심코 줄줄 쓰지만, 읽다 보면 이상한 문장들이 많기 나오기 때문에 문장을 쓰고 나서는 반드시 직접 읽어 보는 것이 좋다.

한 가지 더 주의할 점은 반복되는 표현이 없는지 신경을 쓰면서 읽는 것이다. 사람은 익숙한 것을 더 익숙하게 쓰고자 하는 본능이 있다. 때문에 같은 표현을 계속 쓰는 경우가 많다. 조사나 접속사를 유난히 많이 쓰거나, 같은 단어를 계속 반복하는 경우가 그렇다. 쓸 때는 모르지만 읽을 때는 이런 부분들이 입에서 계속 걸려들기 때문에 걸러내기가 용이해진다.

글을 다 쓰고 난 뒤에는 꼭 읽고 수정하는 습관을 들이자.

07
한 문장으로 1,000자 완성하기

1,000자 쓰기

지금까지 함께 살펴본 방법으로 써 보면 열 줄까지는 문제가 없다. 그런데 1,000자 정도의 글을 쓰는 것은 쉽지 않다. 1,000자는 200자 원고지 5장 분량이다. A4 용지로는 포인트 10에 일반적으로 많이 쓰는 신명조 등의 폰트로 1장 남짓 되는 분량이다.

짧은 신문 기사, 보도자료 등은 보통 1,000에서 1,500자 내외의 분량으로 작성되고, 일반적인 자기소개서는 5,000자 정도 분량인 경우가 많다. 학교나 업체에 따라 분량의 차이는 있지만, 대부분 A4로 4~5장 정도의 글은 쓸 수 있어야 학교나 사회에서 생활할 때 편하다. 일반적인 도서 기획안이나 샘플 원고도 평균 5~10장, 즉 10,000자 내외로 구성을 하니 최소한 A4 1~10장까지는 큰 부담 없이 쓸 수 있어야, 글쓰기 두려움이 없다고 볼 수 있다.

문장 쓰기를 어려워하는 사람에게 1,000자 정도의 글을 쓰라고 하면, 첫 문장을 시작하는 것부터 힘들어하다가, 결국에는 어떻게 끝을 맺어야 하고 어느 정도까지 끊어서 써야 하는지 몰라 어려워한다. 하고 싶은 말이 있으니 첫 문장은 어찌 시작했다. 그런데 몇 줄 쓰다 보면 더 이상 쓸 말이 없고, 그렇다고 몇 줄에 끝낼 수도 없어 난감한 경우가 대부분이다. 글의 구성을 처음부터 꼼꼼하게 잡고, 서론, 본론, 결론에서 각각 할 이야기를 정하고 쓰면 훨씬 더 쉽다. 하지만 글을 쓸 때 보통 이렇게 상세하게 기획하는 경우는 드물다. 이때는 보편적인 원칙 몇 개만 기억하면 좀 더 수월하게 분량에 따른 흐름을 잡을 수 있다.

분야에 따라 다르기는 하지만, 일반적으로 1,000자짜리 글을 쓴다고 할 때 서론은 약 200자, 본문은 약 700자, 결말은 약 100자로 쓴다. 결말을 너무 순식간에 끝내는 것 같으면, 서론과 결론을 각각 150자 정도로 늘이고 본문을 그만큼 줄이기도 한다. 에세이나 소설은 서론, 본론, 결론으로 나눌 필요는 없기 때문에 글자 수를 정확하게 지키지 않아도 무방하지만, 비문학의 경우는 약 300자, 500자, 200자 정도로 구분해서 쓴다.

다음 예시 글을 살펴보자.

비 오는 방비엥은 추웠다.

일 년 중 대부분이 여름 날씨인 동남아였지만 비오고 바람 부는 건기의 저녁은 우리나라의 초가을 날씨 같았다. 햇볕이 내리쬐던 낮에 신나게 물놀이를 하고 나서 맞은 해질녘은 그래서 상대적으로 더 허기졌고 차가웠다.

낮이라면 꼬치구이 몇 개에 아무리 먹어도 질리지 않는 라오비어를 선택했겠지만 해가 진 뒤에는 생각만 해도 뱃속부터 차가워지는 것 같았다. 이럴 때 간절한 건 다름 아닌 국물. 뭔가 진하게 우려내고 식도부터 타고 내려가 뱃속에 머물며 온 몸을 난로처럼 데워 주는 국물이 필요했다. 해가 지면 금세 문을 닫는 지역의 특성상 이렇게 저렇게 묻고 따지기도 어려운 상황, 믿을 수 있는 건 코뿐이었다.

온 감각을 코에 집중하고 킁킁거리며 희미하게 풍겨오는 고기 국물 냄새를 따라 천천히 걸었다. 고수풀과 짙은 고기가 어우러져 뭉근하게 섞인 향은 다양한 냄새가 섞인 밤공기 사이에서도 확연하게 구분되었다. 그렇게 십오 분쯤 두리번거렸을까. 작은 건물 사이에서 뽀얀 김과 함께 진한 국물 냄새가 풍겨왔다.

사방에 불이 꺼진 거리에서 유일하게 등을 밝힌 그곳에 슬그머니 들어가 앉았다. 살짝 삐걱거리는 플라스틱 의자. 국물 때문에 끈적한 자국이 남은 낡은 파라솔 테이블과는 달리 양념은 정갈하게 올려 있었고, 먼저 앉아서 먹고 있던 사람들의 얼굴은 만족감이 가득했다. 선택에 대한 확신이 희미하게 올라올 때 즈음, 두리번거리던 내게 팔을 툭툭 친 건 열 살 남짓 되는 사내아이였다.

아이는 어렸지만 표정만큼은 사장님 같았다. 시크한 얼굴로 다가와 메뉴판을 내려놓은 아이는 이방인인 내게 말 한마디 없이 툭툭툭 세 개의 메뉴를 찍어 주고 엄지와 검지로 동그라미를 만들어 보였다. 아, 이 세 개만 된다는 말이구나 싶어 가장 위에 있는 메뉴를 손을 찍자 역시나 무표정하게 고개를 한 번 툭 끄덕이고는 메뉴판을 들고 사라졌다.

그리고 몇 분 지나지 않아 아이는 내가 주문한 메뉴를 들고 다시 다가왔다. 곱창과 고기, 고기 부속이 듬뿍 담긴 뜨거운 쌀국수를 내 앞에 놓아준 후 다시, 말 한마디 없이 앞에 있는 양념을 손으로 가리키며 손가락으로 숫자를 만들어 보여 줬다. 아마도 1:2:1 비율을 말하고 싶었던 것이리라.

아이가 알려준 대로 양념을 신중하게 국수에 넣었다. 양념을 넣고 아이를 보았다. 아이는 멀리서 지켜보다 잘했다는 듯 씩 웃어 주었다. 아이의 웃음이 허락처럼 느껴져 함께 웃고 난 뒤, 첫 젓가락질을 했다.

아.

부드럽게 넘어가는 쌀국수의 흐름, 국수 사이에 끼어 함께 입 안으로 들어오는 푹 삶은 고기의 맛. 거기에 은은한 향을 더하는 고수와 적당할 때 끼어들어 맵고 짜고 화한 맛을 입혀 주는 양념까지. 국수 한 젓가락 안에 희로애락이 다 녹여져 있는 듯 했다. 국물까지 게 눈 감추듯 비우고 그릇을 탁 내려놓자 어디선가 아이가 다시 나타나 그릇을 가져가며 엄지손가락을 척, 세워 주었다.

아이의 엄지손가락 칭찬이 이토록 반가울 일이었던가.
큰 칭찬을 받은 듯 뿌듯하여 나 역시 엄지를 척 세워 주고
아이와 나는 한 판의 멋진 경기를 마친 선수들인 양 서로
엄지를 주고받았다. 계산을 마치고 나오는 길, 배가 따뜻한
것인지 마음이 따뜻한 것인지 모를 따스함에 바람조차 훈
훈했던 방비엥의 밤은 별이 참으로 빼곡했더랬다.

윗글에서 보면 처음, 가운데, 끝의 분량이 어떻게 나눠지
는지 가늠해 볼 수 있다. 그리고 처음에서 어떤 식으로 문장
을 이어가면서 다음 이야기를 이끌어 내는지, 가운데에는 어
떤 내용으로 문장을 구성하는지, 그리고 가운데의 끝 문장과
끝의 문장들이 어떤 상관관계를 가지는지 위 예시로 점검해
보자.

처음에는 쌀국수를 먹어야 하는 배경과 이유에 대해 주로
말하고 있다. 그 흐름을 보면, '더운 나라지만 밤에는 쌀쌀하
다.' -> '쌀쌀하면 국물이 생각난다.' -> '정보 찾기가 어려운
지역적 특성 상 감각에 의지해서 식당을 찾아야 한다.'의 순
서로 문장이 계속 이어진다. 부연 설명이 아니라 앞의 내용
을 받아서 그래서 이렇게, 그다음에는 이렇게라는 연결형 문
장들이다.

가운데에는 처음에 한 번 나왔던 국수에 대한 본격적인
이야기가 나온다. 여기에는 묘사가 좀 더 들어가고, 설명하

는 내용도 덧붙여진다. 묘사나 비유 등의 표현들이 문장을 보다 풍성하게 만들기 때문이다. 충분한 설명과 묘사가 이어진 뒤, 마무리는 주된 소재로 썼던 문장들로 정리해 주면 된다.

국수와 아이, 엄지손가락 등 소재로 활용되었던 것들을 한 번씩 더 언급하면서 그 소재가 글에서 어떻게 마무리되었는지 보여 주면, 갑작스레 끝나는 느낌도 없고 전체를 잘 마무리할 수 있다.

필사의 마력

흉내를 내다 보면 어느새 비슷한 꼴을 갖추게 된다. 글도 마찬가지이다. 담담하게 문장을 풀어내는 작가들의 책을 한두 권 필사해 보면 고질적으로 고민하는 띄어쓰기나 맞춤법은 물론이고, 문장을 쓰고 연결하는 요령도 자연스레 습득할 수 있다.

번역된 책보다는 국내 작가가 쓴 책으로 필사를 해 보는 것을 권한다. 필사를 할 때는 수기도 좋고 컴퓨터로 옮기는 것도 좋다. 필사를 하면서 좋은 문장은 따로 모아 주어와 서술어만 변형해서 다르게 써 보는 연습도 해 보자. 잘 쓴 칼럼이나 기사 등을 필사해 보는 것도 도움이 되는데, 베껴 쓰는 것이 어렵다면 글의 주제와 소재를 파악하는 연습이라도 해 보자.

다른 모든 것도 그러하겠지만, 문장 역시 쓸수록 는다.

어휘와 표현

필사를 하면 어휘와 표현력이 늘어난다. 개인이 쓰는 단어의 개수에는 한계가 있다. 평소에 사용하는 단어만 쓰는 경우가 많기 때문에 문장을 쓸 때 막히는 지점 중 하나가 바로 '어휘와 표현'이 부족하다는 점이다. 뭔가 하고 싶은 말은 많은데 그 말이 문장으로 써지지 않는 이유는 다양하다. 주제를 잡지 못해서일 경우도 있지만 표현하는 방식을 찾지 못하기 때문이기도 하다. 때문에 기성 작가들이 쓰는 표현이나 어휘 등을 많이 습득할수록 응용할 수 있는 범위도 넓어진다.

한 가지 더 중요한 것은 문체의 통일이다. 가장 기본적인 것인데 의외로 잘 지켜지지 않는 부분이다. 예를 들어 서술어를 쓸 때 '~습니다', '~다', '~요' 등을 섞어서 쓰는 경우가 있는데 이는 통일해야 자연스럽다.

그냥 읽기만 하면 단어의 뜻을 정확하게 몰라도 앞뒤 내용으로 미루어 짐작할 수 있으니, 꼭 베껴 쓰면서 하나하나 익혀 보자. 수고롭지만 문장이 좋아지는 데 큰 도움이 된다.

08

설명하는 문장 쓰기

잔소리를 잘하면 설명문을 잘 쓴다

잔소리를 잘하는 사람들의 말을 듣다 보면 '아니, 어떻게 저런 것까지 다 기억했다가 여기에 껴 맞춰서 줄줄 말을 할 수 있는 거지?'라는 생각이 들 때가 있다. 설명문은 이런 사람들이 잔소리를 할 때 어떻게 하는지 알면 가닥을 좀 더 쉽게 잡을 수 있다. 말 그대로 특정한 대상인 '누구'에게 해야 할 이야기를 쓰는 것이기 때문이다.

단, 잔소리가 '듣고 싶지 않은데' 들려오는 이야기라면 설명문은 '궁금할 법한 내용'을 말해 준다는 차이가 있을 뿐, 그 흐름은 비슷하다.

설명문 중에는 소개하는 글, 안내글 등이 포함되어 있다. 이 중 소개하는 글에는 대상, 내용, 특징 등이 다른 글보다 더 뚜렷하게 드러나야 한다. 특히 새로 온 사람을 소개하거나 내빈, 귀빈을 안내하는 내용을 구성할 때 이 부분은 특히 신경을 써야 한다.

예를 들어, 새로운 직원이 와서 그 사람을 소개해야 한다고 가정해 보자. 그 사람에 대해 알아야 할 내용을 먼저 메모해야 한다면 어떤 것들을 하겠는가?

우선 이름을 알아야 한다. 전 직장에서 어떤 일을 했는지 성과 위주로 간단하게 체크하거나, 우리 회사에서 어떤 일을 해 줄 것인지 알아야 할 것이다. 소개를 좀 더 해야 한다면, 장점 혹은 특징을 더해서 전해 주면 된다. 중요한 것은 이 사람에 대해 알지 못했던 사람들이 '아, 이런 사람이구나.'라는 기본 정보를 얻을 수 있게 해야 한다.

안내글이나 기사, 다른 설명문도 담아내야 하는 내용은 비슷하다. 그렇다면 설명하는 글의 구조는 어떻게 만들어야 할까?

처음, 가운데, 끝

설명문은 다른 사람에게 있는 그대로의 사실을 알려 주는 글이다. 때문에 별도의 플롯 구성이나 묘사를 신경 쓰지 않고, 담담하게 구성해서 써도 되는 글이다.

설명문의 구조는 크게 처음, 가운데, 끝으로 나누어진다. '처음'에는 설명하려는 사물, 문제, 사람 등을 간단하게 소개하면 된다. 그리고 '가운데'에는 주제에 맞게 설명하고자 하는 것을 쓰면 되는데, 여기서 중요한 것은 '주제에 맞게'이다.

　예를 들어 같은 사람을 설명한다고 하자. 이 사람을 회사에서 설명하는 것과 동아리에서 설명하는 것, 그리고 소개팅을 위해 친구에게 설명하는 것이 모두 다르기에 대상과 상황에 따라 각각 설명해야 하는 내용이 달라진다는 점을 염두에 두어야 한다. 즉, 주제가 달라지면 설명의 흐름 역시 달라지기에 '가운데'에는 반드시 주제에 맞게 설명하는 흐름을 잡아야 한다. 보통 '가운데'에서도 단락을 세 단락 정도로 나누어서 구성하는데, 이는 글의 길이에 따라 조정해도 된다.

　'끝'은 가운데에서 설명한 내용을 간략하게 정리한 뒤 맺으면 된다.

설명문 쓰기의 순서 잡기

　다른 글이 주제를 먼저 잡는다면, 설명문은 소재를 먼저 잡는 경우가 더 많다. 어떤 소재에 대해 설명하고자 하는 목적이 먼저 생기기 때문이다. 소재를 잡은 뒤에 해야 할 일은 이 소재에 대해 조사를 하는 것이다. 여러 매체를 활용해서 소재에 대한 객관적인 정보를 찾아야 한다. 여기서 중요한 것은 정보가 객관적이어야 한다는 점이다. 이 객관성은 설명문에 있어서 무엇보다 중요한 요소이기 때문에, 문장을 이어갈 때 객관성을 잃지 않도록 해야 한다.

소재에 대한 정보를 수집한 뒤에는 이 정보를 나누어야 한다. 예를 들어, 정보를 나누어 써서 비슷한 것끼리 분류를 한다거나, 정보의 층위를 구분해서 좀 더 큰 정보와 작은 정보를 나누어 본다. 이렇게 정보를 나누다 보면, 좀 더 조사가 필요한 부분도 생기고 숨겨야 할 것도 생기며, 꼭 말해야 할 정보도 생긴다.

이때, 아무리 좋은 정보라도 이 소재를 설명하고자 하는 목적에 부합되지 않는다면 그 정보는 과감하게 버려야 한다. 이 과정에서 각 내용을 처음, 가운데, 끝의 어떤 부분에 배치할 것인지 정해진다.

단계별로 문장을 만들었다면, 그다음에는 살을 붙여가며 문장을 잇고 자연스럽게 다듬는 과정을 거친다. 이때 지나치게 긴 문장을 쓰거나 미사여구가 많이 붙는 문장은 설명문에 어울리지 않으니 자제하자.

초등학교 교과서에 나오는 설명문 쓰기의 비법

초등학교 교과서에 나오는 '설명문 잘 쓰는 법'을 살펴보자. 가장 기본적이면서도 쉬운 방법이다.

첫 번째, 다양한 정보를 수집한다. 설명문은 누군가에게 어떠한 사실을 정확하게 전달하는 것이 목적이기 때문에 글의 재료가 다양해야 한다. 때문에 단편적이지 않으며 범위가 다양한 정보를 최대한 모은 후, 이 안에서 재료를 골라 문장을 구성해야 한다.

두 번째, 짧은 글로 설명한다. 설명문은 상대방이 궁금해하는 것을 정확히 알려 주는 것이 목적이기 때문에 군이 길게 설명할 필요가 없다. 가전제품 등의 설명서가 긴 글로 되어 있는 경우는 별로 없다. 그림이나 인포그라픽 등으로 눈에 볼 수 있는 자료를 넣지, 소설처럼 묘사와 은유로 설명하지 않는다. 핵심만 간단하게! 설명문을 쓸 때 있어 가장 중요한 점이다.

세 번째, 비교하여 쓴다. 주제와 비슷한 것이나 반대되는 것을 비교하며 쓰는데, 이는 주제를 좀 더 드러낼 수 있는 방법이자, 정보를 좀 더 풍부하고 정확하게 전달할 수 있다는 장점이 있다.

네 번째, 예를 들어 쓴다. 다양한 예는 설명문을 좀 더 풍성하게 할 뿐 아니라, 주제에 대한 이해를 높이는 데 도움이 된다.

다섯 번째, 시각 자료로 설명한다. 앞서 말한 가전제품의 설명서에 많이 쓰이는 시각 자료처럼, 백 마디 말보다 그림이 주는 힘이 크므로 최대한 시각 자료를 많이 활용한다. 하지만 그림을 활용할 수 없는 경우도 있기 때문에 무언가를 설명할 때는 최대한 간단하고 명확하게 글을 써야 한다. 이때 육하원칙을 적용해서 구성하면 곁가지로 새지 않고, 명확하게 문장을 쓰는 데 도움이 된다.

설명할 것인가, 설득할 것인가

설명문은 말 그대로 설명을 하는 글이고, 논설문은 설득을 위한 글이다.

예를 들어, 휴가의 정의, 세계 여러 나라의 휴가, 휴가의 역사에 대해 쓰면 설명문이다. 그리고 왜 휴가를 가야 하는지 구체적인 이유를 주장하여 상대방이 "그래. 휴가 가라!"라는 말을 하도록 쓰면 논설문이다.

설명문은 강압성이 없지만, 논설문은 상대방의 호응을 얻어야 하는 글이기 때문에 설명문보다 훨씬 더 강한 이유와 설득의 논리가 필요하다.

설명문이 사실을 전달한다면 논설문은 이유와 의견을 전달한다. 때문에 논설문을 쓸 때는 확고한 주장이 먼저 드러나야 한다. 즉, 주제가 안으로 숨어 있지 않고 밖으로 드러나게 쓰는 것이다. 아예 첫 문장부터 주제가 드러나고 이 주제를 증명하거나 주장하는 예시들이 본문에 이어지게 된다. 이를 통해 자신의 생각과 의견을 구체적으로 드러내는 것이 논설문이다.

09

묘사하는 문장 쓰기

아름다운 문장에 빠지는 순간

아름다움에 빠져 문장을 쓰면 아무도 모르는 문장이 될 가능성이 크다.

오래 전, 유럽에 탐미주의 문학이 유행했던 적이 있었다. 당시 작품들을 읽어 보면 분명 아는 글자인데 내용을 전혀 이해하지 못하는 경우가 있다. 이들은 사건을 풀어내는 것보다, 그 사건을 통해 내가 느끼는 것을 묘사하는 데 더 많은 공을 들인다.

예를 들어 '안개 속을 뚫고 그 길을 가는 것은 내게 쉽지 않은 일이었다.'로 정리할 수 있는 문장도 다음과 같이 쓴다.

눈을 감았다 떠도 여전히 그 자리인 듯 했다.

눈물이 맺힌 채 얼어버린 것이 아닌가 싶을 정도로 눈앞이 뿌연 채 깜빡임에도 맑아지지 않았다. 어쩌면 마음속에 있는 깊은 증오가 내 몸의 열기를 모두 잠재우고 증발하여 이 안개들을 만들어 낸 것일지도 모르겠다. 아아, 안개여! 너를 뚫고 길을 간다는 것은 나를 잃고 걷는 것과 다름이 없겠구나. 나는 결국 이 길을 가지 못하겠구나!

좌절감에 다리가 비틀거렸다. 마치 네 앞에서 흔들리던 내 마음처럼. 결국 이 길을 가는 것은 내게 쉽지 않은 것이리라….

분명 아름다운 문장이 필요한 글도 있다. 묘사와 은유가 감정 이입을 돕고 글의 맛을 살려 주는 요소인 것은 분명하다. 하지만 지나치게 감정에 치우쳐 예쁜 단어만 나열하고, 의미와 의미의 연결만을 신경 쓰면, 글은 사건 진행 없는 묘사 덩어리로 더 이상 진전을 할 수 없게 된다.

그래서 묘사는 적당하게 활용하고, 적절하게 써야 한다. 담백하게 쓸 수 있게 된 다음, 수식을 붙이는 연습을 해야 미문의식에 빠지지 않은 문장을 쓸 수 있다.

이미 묘사밖에 못하고 있다면

글쓰기 강의를 하다 보면, 묘사 외의 글을 쓰지 못하는 사람들이 있다. 이런 종류의 문장이 가득한 책만 읽어 왔거나 자신의 감정을 쏟아내는 감성적인 글만 쓴 경우가 대부분이다. 흔히 문학소녀 감성이라고 하는, 아름답고 유려한 감상에 빠져 있는 글이다. 이런 경우 묘사를 걷어내는 연습을 하는 것이 쉽지 않다.

이미 모든 글에 묘사가 들어가 있기 때문인데, 이럴 때는 단답형 문장으로 '사건'을 따라 글을 써 보는 것이 도움이 된다.

예를 들어 '도둑이 들었다.'라는 첫 문장을 주고 글을 쓰라고 하면, 예쁜 글을 써 왔던 사람들이 쓰는 뒤 문장은 거의 대부분 다음과 같다.

가슴이 철렁 내려앉았다.

눈앞이 가물거려 아무것도 하지 못했다.

아련하게 들리는 소리에 몸이 얼어붙어 왔다.

복면 사이로 싸늘하게 보이는 눈빛이 어쩐지 쓸쓸해 보였다.

물론 이런 묘사들이 나쁘다는 말은 아니다. '도둑이 들었다.'라는 문장 뒤에 이런 묘사가 바로 오면 다음에 나올 문장은 갈피를 잃게 된다. 주제를 어떻게 잡아야 할지 혼란스럽기 때문이다. 결국, 이렇게 뒤 문장을 '예쁜' 문장으로 붙이면, 계속해서 이런 묘사로 글을 끌고 나가게 된다. 사건 진행이 되지 않는 것이다. 때문에 이런 글에 익숙한 사람들일수록 사건에 집중해서 사건을 끌고 나가는 방식으로 글을 써 보아야 한다.

그렇다면 '도둑이 들었다.'의 뒤에 어떤 문장을 붙여야 할까? 사건 중심으로 쓰면 다음 문장들을 붙일 수 있다.

신고했다.

싸웠다.

발견했다.

뒤늦게 알았다.

잡았다.

어떤가? 느낌이 확연히 다르다. 만약 '신고했다.'라는 문장을 쓰면, 도둑이 들어 신고하기까지의 전 과정이 차례대로 나열된다. 그다음에는 신고한 뒤 어떻게 되었는지 쓰면 될 것이다. 이렇게 사건 순서대로 빈 시간을 채워 넣는 방식으로 문장을 쓰다 보면, 묘사보다는 사실에 집중해 짧고 단순한 문장을 쓸 수 있다. 그런 다음 묘사를 넣으면 보다 풍성한 문장을 쓸 수 있다.

10

연습 문제 문장을 읽고 다음 문장으로 넘어가 보자.

고령에 가면 우륵 박물관이 있다.

고구려, 백제, 신라의 삼국시대론은 가야를 포함한 사국시대론으로 바뀌어야 한다.

신규 기획 거절에 대해서 부장님께서 보내신 메일 잘 받았습니다.

몬스테라는 자라면서 잎이 갈라지는 것이 매력적인 식물
이다.

나, 엄마를 고려장 할까 해.

제 이름은 절대 같을 수 없이 다른, 김다른입니다.

자꾸 네가 생각나는데 정작 만나면 말문이 막혀서 이렇게 편지를 쓴다.

책상을 효율적으로 활용하는 나만의 노하우를 알려 주려고 한다.

밥 먹고 두 시쯤 간다고 하자, 서영이가 버럭 화를 냈다.

영화 스포일러는 절대로 하지 말아야 한다.

맛있는 쌈장을 만들기 위해서는 우선 아래와 같은 재료가 필요하다.

로스앤젤레스 출장 기획안에 대해 말씀드립니다.

진심으로, 다음 문장으로 넘어가고 싶습니다.

한때 사랑이 무엇보다 중요하다고 생각했던 시절이 있었다.

돌아왔다. 그놈이.

밤늦게 컴퓨터를 켰다.

더플백을 사용하기 전에 먼저 연결 부위를 확인해 주시기
바랍니다.

오늘 내 기분은 꼭 뿌리 잘려 뒹군 시든 꽃 같아.

푸틴의 행보에 전 세계가 깊은 관심을 가지고 있다.

나만의 문장 노트 만들기

『호랑이의 아내』를 쓴 작가 테이아 오브레트는 말했다.

"독서를 하지 않고 글을 쓰려함은 홀로 작은 배를 타고 위험천만하게 바다로 향하는 일과 같다. 외롭고 위험하다."

이처럼 좋은 문장을 쓰려면 길잡이가 될 만한 좋은 문장을 많이 읽어야 한다. 훌륭한 재료가 자기 몸 안에 쌓이면 당연히 그 재료로 만든 좋은 결과들이 나오기 마련이다. 재료를 많이 쌓은 뒤에는 쓰고 또 쓰면서 문장 쓰기에 익숙해져야 한다.

많이 써 보는 사람을 이길 재간은 없다. 작가 헤밍웨이는 "글쓰기는 끝도 없는 도전 같다. 지금껏 내가 해 온 그 어떤 일보다도 어렵다."고 말했다. 『태백산맥』을 쓴 작가 조정래는 자신의 작품 집필 과정이 전시되어 있는 태백산맥 문학관에 이런 글을 남겼다.

'문학, 길 없는 길. 읽고 읽고 또 읽고 생각하고 생각하고 또 생각하고 쓰고 쓰고 또 쓰면 열릴 길'

즉, 좋은 문장을 자꾸 보고 베껴서 써 보는 것만이, 멀지만 가장 빠르게 가는 길이다. 좋은 문장을 쓰는 작가들은 많이 있다.

그중에서도 다음 책들은 글을 쓰고 문장을 공부하는 사람들이 오랜 시간 바이블처럼 필사하는 책들이다. 먼저 한 권 한 권 천천히 읽어 보고, 그다음 한 줄 한 줄 써 보면서 나만의 문장 노트를 만들어 보자.

박경리『토지』
박완서『엄마의 말뚝』,『아주 오래된 농담』
김승옥『무진기행』
조정래『한강』
김영하『오직 두 사람』,『읽다』
마스다 미리『주말엔 숲으로』
김애란『비행운』
천명관『고래』
김훈『칼의 노래』

위 책들은 문장이 깔끔하고 표현이 좋으면서도, 내용이 재미있어서 읽기에도 베껴 쓰기에도 좋다.

그 외에도 좋은 문장을 가지고 있는 책은 넘치게 많다. 자신이 좋아하는 작가, 혹은 감명 깊게 읽었던 책이 있으면 전체를 다 베껴 쓰는 것이 아니더라도 인상 깊은 문장이라도 써서 모아 보자.

이렇게 모은 문장 노트가 언젠가 당신의 글쓰기에 큰 도움이 될 것이다. 다음 문장으로 넘어가고 싶은 당신의 문장에도….